选堂诗墨评注

饶宗颐 著

陈韩曦 宋振锟 翁艾 注译

南方出版传媒
花城出版社

中国·广州

黄石集

图书在版编目（CIP）数据

黄石集 / 饶宗颐著；陈韩曦，宋振锟，翁艾注译. -- 广州：花城出版社，2017.1
（选堂诗词评注）
ISBN 978-7-5360-8084-3

Ⅰ. ①黄… Ⅱ. ①饶… ②陈… ③宋… ④翁… Ⅲ. ①诗集－中国－当代 Ⅳ. ①I227

中国版本图书馆CIP数据核字(2016)第307961号

出 版 人：詹秀敏
策划编辑：詹秀敏
责任编辑：李　谓　杜小烨
技术编辑：薛伟民　凌春梅
装帧设计：王　越
图片来源：饶清芬　陈韩曦
　　　　　香港大学饶宗颐学术馆
图片编辑：曾雅丽

书　　名	黄石集 HUANGSHI JI
出版发行	花城出版社 （广州市环市东路水荫路11号）
经　　销	全国新华书店
印　　刷	佛山市浩文彩色印刷有限公司 （广东省佛山市南海区狮山科技工业园A区）
开　　本	787毫米×1092毫米　16开
印　　张	8.75　6插页
字　　数	150,000字
版　　次	2017年1月第1版　2017年1月第1次印刷
定　　价	32.00元

如发现印装质量问题，请直接与印刷厂联系调换。
购书热线：020－37604658　37602954
花城出版社网站：http://www.fcph.com.cn

1971年,时任耶鲁大学教授,饶宗颐在美国黄石公园写生

2002年,在美国波士顿

洛矶山图
一九八三年
癸亥游洛矶山写所见。选堂。
写生地区：加拿大

大峡谷写生
一九八九年
大峡谷写生。选堂。己巳。
写生地区：美国

荷叶荷花十里风，戊子选堂。

富贵，选堂。　　　　　　　　安康，选堂。

目　　录

黄石集
黄石公园/3
青瓷盆地/5
王人（Kingman）道中横渡沙漠/7
大峡谷/8
Mather Point 小憩/11
Hoover Dam/12
洛森矶/14
将游黄石公园，梁锲斋则往路易士湖，口占二首赠别/16
牛仔城二首/19
狼溪/21
甘草关为美加交界/22
柏克莱秦简日书会议赋示李学勤/23
Pandle 山/26
雨中路蕙丝（路易士）湖三首/27
重到此湖，方知湖名西文原为女性，更赋一绝/30
车中即事/32
晓起望湖外诸山，仿佛湘漓景色，因赋/35
车中作画/39
冰川/40
沿溪/42
和锲斋三首/43

江南春集

西郊宾馆喜诵锲翁催花之什/49
又作示程十发/52
昆山亭林公园/54
刘过墓/56
邓尉候梅　用东坡和秦太虚梅花韵/58
蟠螭山石壁/60
山阴道上和锲翁/61
放鹤亭/62
青藤书屋/64
禹陵　用坡老游涂山韵/65
会稽山/68
禹庙/72
兰亭三首柬青山翁/74
过新昌/78
石城山大佛/80
天台宾馆遣兴/83
国清寺隋梅/86
赤城山/87
方广寺/88
石梁飞瀑为天台胜处/90
智者大师禅院/92
访唐梁肃撰智者大师修禅道场碑，碑在天台山华顶峰绝顶塔院，以道远不克至怅赋/94
临海道中，怀故法国戴密微教授，用大谢庐陵王墓下韵/96
黄岩/100
虎头山/102
雁荡即事/103
双珠谷/105

半月天峭壁/107

小龙湫/108

观音阁/110

龙西镇和锲翁/111

攀登显胜门绝顶/112

和锲翁雁顶生朝/113

别雁荡山/115

高枧道中/118

登天一阁/119

喜见山谷狂草竹枝长卷真迹，叹观止矣/121

题嘉兴吴孟晖编《淮海长短句》/123

天童寺 次东坡道场山韵/124

望四明山/127

超山有唐宋梅各一株/129

白堤夜步/130

附：新诗一首

安哥窟哀歌/132

黄石集

　　往岁自美赴加，历游大峡谷、黄石公园诸胜。沿途湖光隐秀，山合水沓，应接不暇，辄纪之以诗，都为一帙。刘彦和称"山水方滋"，斯之谓也。因取黄石二诗列首，以名吾集。而喜其山水之佳，但惜无人为之兴咏！川涂皋壤，哀乐之来，吾乌能御？故不能无作。此戋戋者，夸饰文藻，非同圯上之言兵；石濑回溪，待邀谢客以登席。故家乔木，或比拟不于伦，异国烟霞，庶联类以通感。忧伤之采，足为断肠之花，依黯之情，待入无声之画。是为引。宗颐识。

黄石公园①

巨壑②居然③列四门④，畴⑤令造化起氤氲⑥。
奔轮⑦叱驭⑧增心悸⑨，去水回肠⑩秖⑪目存⑫。
木死风生春尚在，天荒地老谷仍温。
慧深⑬到此骨惊⑭否？留与畸人⑮仔细论。

芝加哥 H. Metz 女士著书附会其事。

注释：

① 黄石公园：位于美国西部北落基山和中落基山之间的熔岩高原上，是世界第一座国家公园。此处地貌丰富，气候多变，野生动物众多，景色十分壮丽，被列为世界自然遗产。
② 巨壑：深沟，巨大的山谷。唐·王勃《深湾夜宿》诗："津涂临巨壑，村宇架危岑。"
③ 居然：安稳。唐·陈子昂《夏日晖上人别李参军序》："江汉浩浩而长流，天地居然而不动。"
④ 四门：指四方，四边。《尚书·尧典》，"宾于四门，四门穆穆。"
⑤ 畴：田地，平地。《左传·襄公三十年》："取我田畴而伍之。"
⑥ 造化起氤氲："造化"指宇宙、自然，《庄子·大宗师》："今一以天地为大炉，以造化为大冶。""氤氲"指阴阳二气交会和合之状。《旧唐书·列传第三十二》："邃初冥昧，元气氤氲。"
⑦ 奔轮：如车轮转动一般，形容走得很快。南宋·陆游《对酒戏作》诗："去日奔轮不啻过，凌烟勋业已蹉跎。"
⑧ 叱驭：本意为"呼喝驾车人"，喻指路途艰险，典出《汉书》。《汉书·赵尹韩张两王传》："先是，琅邪王阳为益州刺史，行部至邛郲九折阪，叹曰：'奉先人遗体，奈何数乘此险！'后以病去。及尊为刺史，至其阪，问吏曰：'此非王阳所畏道邪？'吏对曰：'是。'尊叱其驭曰：'驱之！王阳为孝子，王尊为忠臣。'"
⑨ 心悸：心中害怕。《后汉书·孝明八王列传》："肌栗心悸，自悔无所复及。"

⑩回肠：因受到震撼、感动而肠为之转。战国·宋玉《高唐赋》："感心动耳，回肠伤气。"

⑪秖：同"衹"，只，仅仅。

⑫目存：存在于眼中。

⑬慧深：慧深是南北朝时期（公元420年至公元589年）的著名僧人，有研究指他在公元458年（中国南北朝时期刘宋大明二年、北魏太安四年）前后，从中国南京起程，北上沿黄海海岸，经朝鲜、勘察加半岛、阿留申群岛，进入阿拉斯加，然后再循加拿大的西海岸南航，再往美国西海岸进入今日的墨西哥，直至阿卡普尔科传教多年，40年后返回中国。

⑭骨惊：形容内心极度惊骇。南朝梁·江淹《别赋》："使人意夺神骇，心折骨惊。"

⑮畸人：指志行独特、不同流俗的人，也指仙人。《庄子·大宗师》："子贡曰：'敢问畸人？'曰：'畸人者，畸于人而侔于天。'"成玄英疏："畸者，不耦之名也。修行无有，而疏外形体，乖异人伦，不耦于俗。"

浅解：

黄石公园是世界著名的自然景观，饶公到此游览作诗。黄石公园的高山峻列、烟雾蒸腾的景色，使饶公十分震撼。从树木枯死到春季复来，天荒地老而峡谷长存，思考人生之渺小，借周游各国的名僧慧深"骨惊"之典，再次衬托黄石公园地势之险峻雄奇。

简译：巨壑深沟傲居四方，原野升起茫茫烟气。奔驰险路益加惊惧，水路途艰眼目留光。树死风起春意仍在，天地荒凉谷暖如常。慧深到此是否心惊？留给仙人仔细思量。

毛主席七律詩一首 乙丑年丁卯月 松巢王建燕書

青瓷盆地①

地薄如瓷世罕齐②,紫烟③晨夕④出青泥⑤。
层冰终古⑥生余凛⑦,去去⑧虞渊⑨日又西⑩。

注释:

① 青瓷盆地:也译作"瓷器盆地"(Porcelain Basin),位于美国黄石国家公园中诺里斯间歇泉盆地的北面,是著名景观。盆地温度极高,十分荒凉,常年冒着白烟,盆地中间有"彩色河流"。而且由于气温高促成了某种绿色细菌生长在河流中,使得盆地中出现"绿色河流"的奇景。
② 世罕齐:世上少见。清·汤贻汾《顾梦芗玉山分筑图》诗:"界溪吟倦又商谿,金粟才名世罕齐。"
③ 紫烟:山中的紫色烟雾。唐·李白《望庐山瀑布》诗:"日照香炉生紫烟,遥看瀑布挂前川。"
④ 晨夕:早晚。晋·陶潜《移居二首》其一:"闻多素心人,乐与数晨夕。"
⑤ 青泥:指青色黏土。明·王世懋《题画》诗:"新蒲嫩芷出青泥,春水漫空舍影低。"
⑥ 终古:自古以来,久远的时期。《楚辞·九章·哀郢》:"去终古之所居兮,今逍遥而来东。"《楚辞·离骚》:"怀朕情而不发兮,余焉能忍而与此终古?"
⑦ 余凛:余寒。宋·晁公溯《梅》诗:"微阳回孤根,霜雪破余凛。"
⑧ 去去:远去。汉·苏武《古诗》其三:"参辰皆已没,去去从此辞。"唐·孟郊《感怀》诗其二:"去去勿复道,苦饥形貌伤。"
⑨ 虞渊:亦称"隅谷",传说中太阳落下的地方。《淮南子·天文训》:"至于虞渊,是谓黄昏。"
⑩ 日又西:太阳西斜,落山。唐·白居易《闺妇》诗:"辽阳春尽无消息,夜合花前日又西。"

浅解:

青瓷盆地是黄石公园的著名景观,地面如瓷片一样薄,而且气温极高,常年冒着白烟，盆地中还有彩色河流流过。诗歌写出盆地"地薄如瓷"、"紫烟"升腾的景象，描绘冰川生寒，落日西下的景色；从"日又西"来体现生命的短暂渺小。饶公在诗中对人生作了深沉的思索。

简译：地薄如瓷举世难比，紫烟朝夕青泥升起。冰层万年生出余寒，日影西斜奔赴虞渊。

王人（Kingman）①道中横渡沙漠

峭壁低昂②孰削成③，一车驰骤④不知程⑤。
黑山⑥缺月⑦今何世，大漠无垠⑧信太平⑨。

注释：

①王人：也译作"金曼"，美国城市，位于亚利桑那州中部，莫哈维县的县治所在。
②低昂：高低起伏。西晋·傅玄《杂诗》："良时无停景，北斗忽低昂。"唐·杜甫《通泉县署屋壁后薛少保画鹤》诗："低昂各有意，磊落如长人。"
③削成：形容峭壁直立，如刀切削而成。唐·吴融《谷口寓居偶题》诗："峭壁削成开画障，急溪飞下咽繁弦。"
④驰骤：疾奔，驰骋。《韩非子·外储说右下》："造父御四马，驰骤周旋，而恣欲于马。"
⑤不知程：不知路程远近。元·贡奎《梁山泺次袁伯长韵》其四："烟波莽莽不知程，一发青山天际生。"
⑥黑山：即Black Canyon，也译作"黑峡"，位于美国亚利桑那州与内华达州交界之处。
⑦缺月：不圆之月。唐·杜甫《宿凿石浦》诗："缺月殊未生，青灯死分翳。"
⑧无垠：广阔，无边无际。《楚辞·远游》："道可受兮，不可传，其小无内兮，其大无垠。"
⑨信太平：见南宋·陆游《马上》诗"不信太平元有象，牛羊点点散烟村"。

浅解：

  饶公夜中乘车横穿大漠，路边山壁起伏，道路好像永无终点，此时饶公陷入迷茫状态，说"黑山缺月今何世"，不知年月，觉得自己在不断前行，大漠无边，黑夜无声，诗中的他只觉天上人间一片太平。
  简译：峭壁起伏由谁削成，一车奔驰忘记路程。黑山弯月今是何年，大漠无边深感太平。

大　峡　谷①

赤嶂②连霄一片红，巨灵③手自辟鸿蒙④。
俯临无地⑤昆仑⑥小，七圣自应迷去踪⑦。
（谷中地名有孔子、孟子、毗湿奴等号）

注释：

①大峡谷：Grand Canyon，美国大峡谷，由于科罗拉多河穿流其中，故又名科罗拉多大峡谷。它位于亚利桑那州西北部的凯巴布高原上，山石多为红色，是地球上壮丽的奇观。1919年，美国政府在大峡谷的南缘、北缘建立了大峡谷国家公园。

②赤嶂："嶂"是直立如屏风的山壁，大峡谷的山石多为红色，故言"赤嶂"。

③巨灵：传说中的神仙，力大无穷，可以徒手裂山开河。《搜神记·卷十三》："二华之山，本一山也，当河，河水过之，而曲行；河神巨灵，以手擘开其上，以足蹈离其下，中分为两，以利河流。今观手迹于华岳上，指掌之形具在；脚迹在首阳山下，至今犹存。"

④辟鸿蒙：传说中宇宙形成前的混沌状态称为"鸿蒙"，"辟鸿蒙"是开辟天地的意思。《庄子·在宥》："云将东游，过扶摇之枝而适遭鸿蒙。"

⑤俯临无地："俯临"是从高处往下看，"无地"是望不见底。形容地势极其高耸陡峭。

⑥昆仑：昆仑山，传说中西部的仙山，山中有仙境，势极高峻，多雪峰、冰川。《庄子·天地》："黄帝游乎赤水之北，登乎昆仑之丘而南望。"

⑦七圣迷去踪：黄帝等七位圣人在襄城之野迷路之事。《庄子·徐无鬼》："黄帝将见大隗于具茨之山，方明为御，昌寓骖乘，张若、謵朋前马，昆阍、滑稽后车。至襄城之野，七圣皆迷，无所问涂。"

浅解：

美国大峡谷是世界知名的自然景观，雄奇壮丽，体现造化之神功，由于美洲开发很晚，人类历史的痕迹较浅，所以徒有风光而人文则不够厚重。相比之下，我国的名山大川则不同，每一处山水景观都有史籍记载和诗文流传，游览过程即是观赏自然风光与追忆人文历史的融合。饶公在写诗记录大峡谷美景时，采用"巨灵"、"昆仑"、"七圣"等诗歌意象和典故，这是把我们中国诗歌传统中丰富的文化蕴涵附加到大峡谷上，使大峡谷的自然风味融入人文和历史情趣，焕然一新，深远耐读。

简译：赤红山壁远接云霄，巨灵大神开辟天地。俯不见地昆仑渺小，七圣到此迷失踪迹。

<blockquote>
虎踞龙蟠①势有余②，何年天坠此穹庐③。
华原突兀难加点④，鬼面皴⑤成总不如。
</blockquote>

注释：

① 虎踞龙蟠：形容地势险要，如虎蹲踞、龙盘绕一样。南宋·辛弃疾《念奴娇·登建康赏心亭，呈史留守致道》词："虎踞龙蟠何处是？只有兴亡满目。"
② 势有余：气势无穷。《文心雕龙·定势第三十》："文之体势，实有强弱，使其辞已尽而势有余。"
③ 穹庐："穹庐"原指蒙古民族住的毡帐，中央隆起，四周下垂；古人认为天也是这个形状，故以"穹庐"代指天。北朝民歌《敕勒歌》："敕勒川，阴山下，天似穹庐，笼盖四野。""天坠穹庐"指天像毡帐一样垂落下来。
④ 华原突兀难加点："华原"指北宋著名画家范宽，他是陕西华原人，故称"华原"。"突兀"是高耸的样子，此处形容范宽的画风。北宋·米芾《画史》："于瀑水边题'华原范宽'，乃是少年所作。却以常法较之，山顶好作密林，自此趋枯老；水际作突兀大石，自此趋劲硬。"范宽善用"雨子皴"的画法，以细密的墨点表现雄伟高耸的山峰，此处"难加点"是说范宽想要用"雨点皴"画此地风景，却无法下笔，以此形容山石之险峻陡峭。
⑤ 鬼面皴：也称"鬼脸皴"，是中国山水画的笔法技艺，适宜表现溶蚀性岩石的地貌特征，复杂多变，凹凸崎岖。

浅解：

大峡谷虎踞龙盘，地势险要，饶公作为诗画兼精的画家，在描绘此处景观时联想到绘画的学问。诗中感叹即使范宽这位擅画怪石的大家到此也无从下笔，其用专门描画凹凸地貌的"鬼面皴"画法也无法画出此处险要。鲜明的对比清晰地展现出大峡谷的地貌，达到诗中有画，画中有诗，诗画结合的效果。

简译：龙虎蟠踞气势无穷，何年宇宙生此穹庐。范宽突兀亦难下笔，鬼脸皴法始终不如。

Mather Point① 小憩②

刚从至大窥无外③，愈叹吾生苦有涯④。
陵谷⑤千年终不改⑥，松阴⑦入画且为家⑧。

注释：

①Mather Point：美国大峡谷国家公园的一个主要观景点，从此望出去可以看到雄阔的景色。
②小憩：小小地休息。宋·陈著《解刬回家过陈公岭》诗："溪桥聊小憩，双鹭去悠悠。"
③至大窥无外："至大无外"意思是说大到极点，外面再没有空间了。语出《庄子·天下》："至大无外，谓之大一；至小无内，谓之小一。"
④吾生苦有涯："涯"是边际、界限，本句是生命有限的意思。语出《庄子·养生主》："吾生也有涯，而知也无涯。以有涯随无涯，殆已！"
⑤陵谷：即山陵、山谷。《诗经·小雅·十月之交》："高岸为谷，深谷为陵。"
⑥终不改：千古不变。唐·杜甫《登楼》诗："北极朝廷终不改，西山寇盗莫相侵。"
⑦松阴：松树之阴，指幽静之地。宋·苏轼《病中游祖塔院》诗："闭门野寺松阴转，欹枕风轩客梦长。"
⑧且为家：见宋·郑刚中《春晚》诗"东望故园天一涯，官身到处且为家"。

浅解：

饶公在 Mather point 休憩，对之前游览无限感慨，遂做此诗。诗歌借用《庄子》典故，表达宇宙无穷，人生短暂的感慨，陵谷千年不变但终将消逝，不如找个如画般的地方归隐。结句展现饶公"天人合一"的隐者之心，也是浪漫诗人情怀的流露。

简译：体会"至大无外"之境，苦叹生命终有边际。丘陵山谷千年不变，且将松阴当作故乡。

Hoover Dam[①]

四塞山河[②]水一方[③],临流[④]只惜迫[⑤]昏黄[⑥]。
人间无数[⑦]离堆险[⑧],自有神功接混茫[⑨]。

注释:

[①]Hoover Dam:即"胡佛水坝",1931年动工,1936年建成。位于内华达州和亚利桑那州交界之处的黑峡(Black Canyon),是美国综合开发科罗拉多河水资源的一项重大工程,具有防洪、灌溉、发电、航运、供水等综合效益。

[②]四塞山河:指四面都有如屏障般的山河。《晋书·石勒载记上》:"邺有三台之固,西接平阳,四塞山河,有喉衿之势。"

[③]水一方:河对岸边上。

[④]临流:靠近河水,来到水边。晋·陶潜《辛丑岁七月赴假还江陵夜行涂口》诗:"叩枻新秋月,临流别友生。"

[⑤]迫:迫近,接近。

[⑥]昏黄:指黄昏。宋·王观《临江仙·离怀》词:"燕子归来人去也,此时无奈昏黄。"

[⑦]人间无数:见宋·秦观《鹊桥仙·七夕》词"金风玉露一相逢,便胜却人间无数"。

[⑧]离堆险:"离堆"专指险峻峭拔的山势。唐·颜真卿《鲜于氏离堆记》:"阆州之东百余里,有县曰'新政'。新政之南数千步,有山曰'离堆'。斗入嘉陵江,直上数百尺,形势缩蠹,欹壁峻肃,上峥嵘而下回洑,不与众山相属,是之谓离堆。"

[⑨]神功接混茫:"神功"指天地造化之功。"混茫"指广大无边的宇宙、境界。唐·杜甫《瀼滪堆》诗:"天意存倾覆,神功接混茫。"

浅解:

　　黄昏时候,饶公来到胡佛大坝游览,发出"无数离堆险,神功接混茫"的感慨,他认为天地间的雄景奇观都是自然之力造成。因巨山环水,地势险要，震撼之情让饶公对大自然造物无比敬畏。

简译：山环四野有一水源，身临水边可惜日暮。人间无数离堆险境，自有天地神功造成。

洛 森 矶[①]

殊方[②]又见汉宫秋[③],宛似[④]还乡人事稠[⑤]。
处处盘飧兼味[⑥]美,去来胡越总同舟[⑦]。
(好莱坞有 Chinese Theater)

注释:

① 洛森矶:即洛杉矶(Los Angeles),位于美国西岸加州西南部,是仅次于纽约的美国第二大城市,拥有美国最大海港,是美国的经济文化中心之一。洛杉矶在电影、电视、音乐等大众娱乐业的发展十分突出,闻名世界的好莱坞位于此地。
② 殊方:远方,异域。汉·班固《西都赋》:"逾昆仑,越巨海,殊方异类,至于三万里。"
③ 汉宫秋:《汉宫秋》是元代马致远的作品,元代四大悲剧之一,讲述汉元帝与王昭君出塞的故事,此代指中国剧院。饶公自注"好莱坞有 Chinese Theatre"。
④ 宛似:正像,好像。唐·岑参《题平阳郡汾桥边柳树》诗:"此地曾居住,今来宛似归。"
⑤ 人事稠:指各种人情世态都出现,稠密繁多。唐·杜甫《发秦州》诗:"此邦俯要冲,实恐人事稠。"
⑥ 盘飧兼味:"盘飧"即指盘子装着的食物。唐·杜甫《园》诗:"畦蔬绕茅屋,自足媚盘飧。""兼味"是两种以上菜肴,一般指饭菜丰富。《谷梁传·襄公二十四年》:"五谷不升,谓之大侵。大侵之礼,君食不兼味。"本句化自前人诗,唐·杜甫《客至》诗:"盘飧市远无兼味,樽酒家贫只旧醅。"
⑦ 胡越同舟:即"吴越同舟",指共患难,同舟共济。语出宋·苏轼《大臣论下》:"故曰同舟而遇风,则胡越可使相救如左右手。"

浅解:

饶公到洛杉矶游览,在好莱坞观看到中国剧院,家乡风物一时涌上心头；游览中随处尝到异国美味，大大增添游兴。全诗表现出饶公对家乡的深切关注以及游览时愉快的心境。

简译：异国领略《汉宫秋》色，恍如回乡心生繁愁。美味佳肴处处呈现，来去总是同舟共行。

将游黄石公园，梁锲斋①则往路易士湖②，口占③二首赠别

荒丘黄石④自多姿，只恨奚囊⑤减猎奇⑥。
莫道朔风兼雨雪⑦，满湖芳草正离离⑧。

注释：

① 梁锲斋：饶公友人梁耀明，号锲斋，"锲斋"取意《荀子·劝学》"锲而不舍，金石可镂"。梁耀明先生为香港顺德联谊总会永远名誉会长，香港浩昌木厂董事长。他热心公益，兴学树人，保存家乡历史文化，贡献良多，深为乡人敬仰。
② 路易士湖：也写作"路易斯湖"（Louis Lake），位于加拿大班芙国家公园。它是维多利亚山下的冰川湖，水色碧绿，景色优美，是加拿大的"国宝"。
③ 口占：指不打草稿，随口即兴作诗。
④ 荒丘黄石：指黄石国家公园中山石荒凉的景色。
⑤ 奚囊：见《新唐书·列传第一百二十八·李贺传》"每旦日出，骑弱马，从小奚奴，背古锦囊，遇所得，书投囊中"。故后人称诗囊为"奚囊"。
⑥ 猎奇：搜求新鲜奇异之物。清·刘开《学论》："于是猎奇好异之习兴，而躬修心得屏而不论。"
⑦ 朔风兼雨雪："朔"指北方，"朔风"是北风，冷风。清·陈梦雷《怀倬人沧洲昆仲》诗："朔风雨雪谁相慰，原上飞鸣两鹡鸰。"
⑧ 芳草正离离："离离"是繁茂、浓密的意思。唐·白居易《赋得古原草送别》诗："离离原上草，一岁一枯荣。"本句意境化自前人句，南宋·陆游《夜大雨连明晨起乃知之》诗："剩欲披衣湖上去，满村芳草正离离。"

浅解：

饶公与锲翁一道游览，至此分路而行，饶公往黄石公园而锲翁往路易斯湖。临别之际，饶公赋作诗歌相赠，颇有高适《别董大》"莫愁前路无知己，天下谁人不识君"的意味。表达饶公对友人锲翁的祝福与关爱，体现出深厚交谊。

简译：黄石山丘荒凉多姿，只恨诗囊无法出奇。莫说寒风夹杂雨雪，一湖芳草茂盛繁滋。

冰壶①寒碧②共襟期③，羡尔游踪④每唱随⑤。
雪岭廿年频入梦⑥，湖山无恙⑦待君诗⑧。

注释：

①冰壶：盛冰的玉壶，比喻清白的德行；也代指月亮、月光。唐·姚崇《冰壶诫序》："冰壶者，清洁之至也……内涵冰清，外涵玉润，此君子冰壶之德也。"唐·元稹《献荥阳公》诗："冰壶通皓雪，绮树眇晴烟。"
②寒碧：给人以清冷感觉的蓝绿色，代指天空、湖水等。唐·陆龟蒙《吴俞儿舞歌·剑俞》："技月喉，攫霜脊，北斗离离在寒碧。"
③襟期：襟怀，志趣。宋·范成大《木兰花慢·送郑伯昌》词："诸公任他衮衮，与杜陵野老共襟期。"
④游踪：出游的行踪、踪迹。清·龚自珍《丑奴儿令·答月坡、半林订游》词："游踪廿五年前到，江也依稀，山也依稀，少壮沉雄心事违。"
⑤唱随：跟随，跟从；也指游玩间作诗唱和。明·高明《琵琶记·几言谏父》："若重唱随之义，当尽定省之仪。"
⑥频入梦：屡次梦到。唐·吴融《禁直偶书》诗："争奈沧洲频入梦，白波无际落红蕖。"
⑦湖山无恙：指景色如故。明·樊学曾《过族祖小槐故址有感二首》其二："宾主有情怜骨肉，湖山无恙拟蓬莱。"
⑧待君诗：见明·王世懋《闻议之丈游武夷喜而迎至建州范园一醉旋有简书之畏又苦雨浃旬谦之远寓铁狮山不获朝夕已复别去于邑之怀三见乎辞三首》其三"寄语奇峰三十六，好悬明月待君诗"。

浅解：

"冰壶寒碧"在传统诗歌中象征文人的高洁品性，王昌龄《芙蓉楼送辛渐》有诗"一片冰心在玉壶"即是此意。饶公阐述自己与锲翁有着追求高洁品性的相同喜好，一同游历作诗，体现两位诗人深厚的情谊。"二十年来，雪岭频繁入梦"表达饶公对时光飞逝的感慨，末句是对诗友的赞赏，更是真诚而风雅的文人之交的绝好展现。

简译：明月清寒志趣相同，羡你游踪时常唱和。二十年雪岭频入梦，湖山如旧待你赋诗。

牛仔城①二首

急流涌出老人河②，依旧长桥③瞰逝波④。
犊子城中演法⑤久，散花⑥聊媲⑦病维摩⑧。
（门人吴铭森在此执教十年）

注释：

①牛仔城：即卡尔加里（Calgary），是一座位于加拿大阿尔伯塔省南部落基山脉的城市，俗名Cow Town，华侨称其为"牛仔城"。"牛仔"俗称"牛犊子"，故饶公于诗中戏称为"犊子城"。
②老人河：位于加拿大艾伯塔省南部的河流，源出加拿大落基山。
③长桥：见南北朝·庾信《咏画屏风诗》其二"停车小苑外，下渚长桥前"。
④逝波：去而不返的流水。唐·贾岛《送玄岩上人归西蜀》诗："去腊催今夏，流光等逝波。"
⑤演法：本为宗教名词，宣讲教义、传教之意；此处引申为传播知识，教书。
⑥散花：佛教天女散花的传说。《维摩诘经·观众生品》："时维摩诘室有一天女，见诸大人闻所说说法，便现其身，即以天华散诸菩萨、大弟子上，华至诸菩萨即皆堕落，至大弟子便著不堕。一切弟子神力去华，不能令去。"
⑦聊媲：姑且可以相比。
⑧病维摩："维摩"指维摩诘，佛家一为有道居士。《维摩经·文殊师利问疾品》："文殊问：'居士是疾，何所因起？……'维摩诘答曰：'以一切众生病，是故我病；若一切众生得不病者，则我病灭。'""散花聊媲病维摩"一句化自宋·程垓《浣溪沙·病中有以兰花相供者，戏书》词其一："天女殷勤着意多，散花犹记病维摩。"

浅解：

  饶公来到卡尔加里城，看到老人河的流水，思绪万千。第二句中"依旧"二字写长桥犹在而十年已去，颇有感慨时光飞逝的意味。吴铭森先生是卡尔加里大学考古学教授，在此教书十年，饶公称其"演法久"。将吴教授教书比喻成维摩诘讲经传道，表达出饶公对于吴教授学识及其传道之功劳的肯定，亦可见饶公与吴教授间深厚的师生情谊。

  简译：湍急之流涌出老人河水，长桥俯瞰波涛一去不返。牛仔城中传道授业已久，功劳堪比散花之病维摩。

人间万事①一嫣然，开辟要冲百六年②。
花落花开今似昔③，重来共尔酌甘泉④。

  Calgary 原为苏格兰语，义训清泉（Clean Spring Water）。此地俗名 Cow Town，华侨称为"牛仔城"，开埠已近一百六十年矣。

注释：

①人间万事：见唐·杜甫《送韩十四江东省觐》诗"兵戈不见老莱衣，太息人间万事非"。

②开辟要冲百六年："要冲"指处于交通枢纽，地理位置紧要的城市。《后汉书·傅燮传》："今凉州天下要冲，国家藩卫。"此处"要冲"代指牛仔城，此城至今已有近一百六十年历史，故饶公言"开辟百六年"。

③今似昔：见元·何中《春风如少年效程汉翁》诗"只言今似昔，不悟新非故"。

④酌甘泉：喝甘甜的泉水。唐·杜甫《屏迹三首》其三："犹酌甘泉歌，歌长击樽破。"

浅解：

  人间万事一晃而过，小城开辟已经一个半世纪，花开花落如同往昔，可是人已不再年轻，诗歌充满对时光飞逝，人生易老的感慨，读来颇有沧桑之感。末句写饶公重来此地，与吴铭森教授重聚的喜悦之情。由于卡尔加里城在西文中的原意为"Clean Spring Water"，所以饶公以"酌甘泉"的意象表示来此相聚的意思，极有新意，其中洋溢着欢快喜悦的心情，更展现出饶公的诗性智慧与文学敏感。

  简译：人间万事何其美妙，此城开埠百六十年。花开花落如同往昔，再来此地同饮甘泉。

狼　　溪①

怪石嶙峋②不可名③，狼溪此去几多程④。
修途万里添诗料⑤，忙煞⑥车中老步兵⑦。

注释：

①狼溪：即 Wolf Creek，狼溪国家公园位于美国西南部新墨西哥州。狼溪有许多古老岩石，且野花繁多，是著名景区。
②怪石嶙峋：山石峻峭、重叠的样子。《岱史·卷十六·登览志》："桃花峪口路深邃，怪石嶙峋悬若坠。"
③不可名：无法用语言来形容、描述。《老子·第十四章》："绳绳兮不可名，复归于无物。是谓无状之状，无物之象。"
④此去几多程：见宋·释重显《送僧》诗"七尺岩藤握便行，旧山归去几多程"。
⑤诗料：作诗的材料。宋·范成大《中秋卧病呈同社》诗："卧病窘诗料，坐贫羞酒钱。"宋·华岳《登楼晚望》诗："展开风月添诗料，装点江山归画图。"
⑥忙煞：忙坏了，极忙。宋·高翥《山行即事二首》其二："溪云自为催诗黑，忙煞条桑窈窕娘。"
⑦老步兵：三国时著名诗人阮籍曾任步兵校尉，世称"阮步兵"。阮籍崇尚自由，生性放达，故"步兵"代指追求自由、怡情山水的诗人形象。

浅解：

　　饶公游览狼溪国家公园，眼望嶙峋怪石，身经万里长途，随处寻找赋作诗歌的灵感，他寄情山水，怡然世外。阮籍常常远离尘世出游作诗，饶公将自己与阮籍相比，体现出他对阮籍品性的追慕之情。"忙煞老步兵"还颇有一丝幽默调侃的语气，读来不禁为饶公的天真性情莞尔。

　　简译：怪石陡峭难以描摹，狼溪距此多少路程。万里长途添作诗料，忙坏车中阮老步兵。

甘草关①为美加交界

轻车已过万重山②,未听鸡鸣③已夜阑④。
此地美名甘草口(Sweet grass),西征⑤载得片云还⑥。

注释:

①甘草关:即 Sweet grass,美国与加拿大交界地带。饶公诗化翻译为"甘草关",又译如诗中"甘草口"。
②轻车已过万重山:意境化自唐·李白《早发白帝城》诗"两岸猿声啼不住,轻舟已过万重山"。
③鸡鸣:见《诗经·郑风·风雨》"风雨如晦,鸡鸣不已。既见君子,云胡不喜"。
④夜阑:夜尽,天将亮。唐·杜甫《羌村》诗:"夜阑更秉烛,相对如梦寐。"宋·陆游《十一月四日风雨大作》诗:"夜阑卧听风吹雨,铁马冰河入梦来。"
⑤西征:"征"是远行,饶公谓北美之行为"西征"。《汉书·武帝纪第六》:"遣贰师将军李广利发天下谪民西征大宛。"
⑥载得片云还:唐·钱起《题张蓝田讼堂》诗:"稍觉渊明归思远,东皋月出片云还。"

浅解:

饶公乘车经过美国与加拿大交界处的草原,一路上心情轻快,因此化用了"轻舟已过万重山"的诗句。天渐亮,云气蒸腾,"西征载得片云还",是诗人浪漫情怀的流露。饶公精通多门外语,博通中西之学,诗中Sweetgrass的翻译极体现他的智慧。两国交界之处在传统汉语中称为"关口",饶公将这个西文地名巧译为"甘草关"、"甘草口",极具东方文化神韵,恰好适宜入诗,流露出饶公的敏捷文思和对东西方文化的高度把握。

简译:轻便之车已过万山,未闻鸡鸣已临天明。此地美名称"甘草口",一路西行带云还家。

柏克莱①秦简日书②会议赋示李学勤③

密树高标④觅路难,小桥逝水自潺潺⑤。
锄荒⑥代有才人出⑦,虎观⑧龙文⑨已不看。

注释:

① 柏克莱:也译为"伯克利"(Berkeley),即美国加州大学伯克利分校,是加州大学系统中历史最悠久的学校。
② 秦简日书:"秦简"指1975年湖北省云梦县睡虎地秦墓中出土的大量竹简,写为战国晚期及秦始皇时期。其中有《日书》,是古人从事婚丧嫁娶、生子、农作、出行等各项活动选择时日吉凶宜忌的参考书。
③ 李学勤:1933年生人,著名历史学家,古文字学家,清华大学历史系教授。长期致力于汉以前的历史与文化研究,注重将文献与考古学、古文字学成果结合,在甲骨学、青铜器及其铭文、战国文字、简帛学以及与其相关的历史文化研究等领域均有重要建树。
④ 高标:形容树木、枝叶高。《文选·左思〈蜀都赋〉》:"羲和假道于峻岐,阳乌回翼乎高标。"刘逵注:"言山木之高也。"吕延济注:"高标,高枝也。驭日至此,碍于高树,故假道而行。"
⑤ 潺潺:水缓缓流动的样子。唐·白居易《小阁闲坐》:"阁前竹萧萧,阁下水潺潺。"
⑥ 锄荒:锄地开荒,此处引申为在学术方面开拓进取,获得新发展。唐·孟郊《新卜清罗幽居奉献陆大夫》诗:"此外有余暇,锄荒出幽兰。"
⑦ 代有才人出:清·赵翼《诗论五首》诗其二:"江山代有才人出,各领风骚数百年。"
⑧ 虎观:即白虎观,汉代宫中讲论经学的地方;班固等人根据东汉章帝建初四年白虎观经学辩论的结果写成重要经学著作《白虎通义》。南朝梁·刘勰《文心雕龙·时序》:"及明章叠耀,崇爱儒术,肆礼璧堂,讲文虎观。"
⑨ 龙文:喻指雄健的文笔。唐·韩愈《病中赠张十八》诗:"龙文百斛鼎,笔力可独扛。"

浅解：

饶公在出土文献研究领域卓有建树，可谓国内巨擘；李学勤也是国内出土文献研究的重要专家。该诗是两位著名学者的诗性对话。树林茂密不易寻觅道路，象征在研究道路上困难重重，需要学者们艰辛探索；潺潺的小桥流水象征研究有进展时学者们轻快的心情，是一种学人之乐。"锄荒"指在学术道路上不断开拓，"虎观龙文"指往日的研究成果；这两句中，饶公称赞学术领域人才辈出，今日成就已超过往昔，既表达出对当下学者研究成果的肯定，更对出土文献研究的新发展寄予厚望。

简译：密林高笋道路难寻，小桥流水轻缓绵长。学术开拓人才辈出，白虎雄文已不足观。

闲时列梦几潜夫①，楚塚频惊出异书②。
物论由来齐不得③，且从濠上数游鱼④。
（会上论王符者三人）

注释：

①列梦几潜夫："潜夫"本意为隐士，东汉人王符隐居著成《潜夫论》。《后汉书·王符传》："王符字节信，安定临泾人也。少好学，有志操……志意蕴愤，乃隐居著书三十余篇，以讥当时失得，不欲章显其名，故号曰《潜夫论》。""列梦"指《潜夫论》卷七《梦列篇》，是古代文献中专门讨论梦的重要篇章。饶公自注，本句暗指"伯克利秦简《日书》会议"上议论王符的三个人。

②楚塚频惊出异书："塚"是坟墓。1981年至1989年，湖北省博物馆江陵工作站对位于江陵县九店公社雨台大队（今纪南乡雨台村）施家洼东岗的近六百座东周墓（所谓"楚塚"）进行发掘，出土一批竹简，其中也有《日书》。

③物论由来齐不得：《庄子·齐物论》认为世界万物包括人的品性和感情，看似千差万别，归根结底是齐一的，即所谓"齐物"。饶公反用此意，针对会议上的不同观点，提出"物论齐不得"。"由来"是历来、从来的意思。

《易·坤》："臣弑其君，子弑其父，非一朝一夕之故，其由来者渐矣。"

④濠上数游鱼："濠"是河名，在安徽境内。这里用庄子与惠施论辩的典故，《庄子·秋水》："庄子与惠子游于濠梁之上，庄子曰：'鲦鱼出游从容，是鱼之乐也。'惠子曰：'子非鱼，安知鱼之乐？'庄子曰：'子非我，安知我不知鱼之乐？'惠子曰：'我非子，固不知子矣；子固非鱼也，子之不知鱼之乐，全矣。'庄子曰：'请循其本，子曰"汝安知鱼乐"云者，既已知吾知之而问我，我知之濠上也。'"

浅解：

此诗为饶公在伯克利秦简会议上所作，叙述学者的讨论状况与秦简发掘的盛况，诗中呈现了秦简发掘及研究蒸蒸日上的局面。学术会议上，学者们对于某些问题往往莫衷一是，论争激烈。饶公用两个《庄子》典故，饱含幽默地劝慰大家："学术观点从来无法统一，大家不要执着于争论，在学术研究之余，不妨放松心情，去体会一下自然之乐。"学术研究时严谨热烈，而放松下来后善于体味生活的静谧与愉悦，这是身为大学者兼大诗人的饶公所独具的人生之道。

简译：闲时几人讨论《潜夫》，楚墓奇书震惊世人。观点从来难以统一，且在濠水乐赏游鱼。

Pandle 山

两峰陡立①与天齐②,湖水涟漪③绿浸堤④。
赤岬白盐⑤差可拟⑥,何如杜老在瀼西⑦。

注释:

①陡立:指山峰、建筑物等高高直立。清·刘大櫆《游浮山记》:"逾桥而西有岩,石壁陡立不可入。"
②与天齐:高度与天平齐,极言其高。唐·李绅《禹庙》诗:"清庙万年长血食,始知明德与天齐。"
③涟漪:水面的微波。《诗·魏风·伐檀》:"坎坎伐檀兮,置之河之干兮,河水清且涟漪。"
④浸堤:水漫到岸边。明·徐霖《宿正觉寺》诗:"城东野色满招提,负郭腴田水浸堤。"
⑤赤岬白盐:三峡中的奉节县瞿塘峡夔门两侧有高山,北岸高山名"赤岬",南岸高山名"白盐",这两座山高耸入天而且十分陡峭,故以"赤岬白盐"比喻陡峭险峻的山峰。"赤岬"亦写作"赤甲"。唐·杜甫《夔州歌十绝句》其四:"赤甲白盐俱刺天,闾阎缭绕接山巅。"
⑥差可拟:差不多可以相比。《世说新语·言语第二》:"谢太傅寒雪日内集,与儿女讲论文义。俄而雪骤,公欣然曰:'白雪纷纷何所似?'兄子胡儿曰:'撒盐空中差可拟。'"
⑦杜老在瀼西:"杜老"指杜甫,"瀼西"指重庆市奉节瀼水西岸。杜甫居夔州时曾迁居于此,有《瀼西寒望》诗:"瞿塘春欲至,定卜瀼西居。"

浅解:

　　诗中描绘山高入云、绿水浸堤的美景,饶公用三峡的高山"赤岬白盐"来比喻此处高山,颇有将东西方诗歌文化意象相融合的意味。末句用杜甫在瀼西类比自己在此地游览,并且说自己不如杜甫,表达出对大诗人杜甫的追思及对其逍遥自在生活的向往。

　　简译:两峰挺立与天同高,湖波起绿浸没河堤。赤岬白盐与此相似,哪比得杜老在瀼西。

雨中路薏丝（路易士）湖三首

稠林①密雨蔽长空，重到翻疑是梦中②。
垂老③廿年真电抹④，群山戴雪⑤亦成翁⑥。

注释：

①稠林：茂密的树林。汉·刘向《说苑·敬慎》："吾尝见稠林之无木，平原为溪谷。"
②重到翻疑是梦中："翻疑"意为反而怀疑。唐·司空曙《云阳馆与韩绅宿别》诗："乍见翻疑梦，相悲各问年。"饶公此句意境化自清·钱泳《游西湖》"十年不识钱塘路，今到翻疑是梦中"。
③垂老：将近老年。唐·杜甫《垂老别》诗："四郊未宁静，垂老不得安。"
④电抹：如闪电掠过一般，形容时间流逝飞快。宋·苏轼《木兰花令·次欧公西湖韵》词："佳人犹唱醉翁词，四十三年如电抹。"
⑤戴雪：覆盖着雪。唐·杜甫《蒹葭》诗："暂时花戴雪，几处叶沉波。"
⑥成翁：年老，成为老翁。明·徐渭《墨葡萄题画诗》："半生落魄已成翁，独立书斋啸晚风。"

浅解：

饶公故地重游，恍如隔世，似在梦中，回顾以往，二十年如闪电划过，内心顿生时光匆匆，人生易老的情感。末句点睛，感叹年华逝去，于是所见之景皆染上此种情绪，原本寻常的雪山在饶公看来亦成为头发花白的"老翁"。此时，自然万物与饶公同心同情，王国维《人间词话》"物皆着我之色彩"正道出此句之妙。

简译：树林雨稠共遮长空，重来此处疑似梦中。二十年闪已近老年，群山积雪也为老翁。

沉雾欺人作诡姿①，山花识我杂然疑②。
流云③天际分仍合，如诵清空白石词④。

注释：

①诡姿：奇异的姿态。清·查嗣瑮《念侄双峰书屋图》诗："以无奇诡姿，乃为游赏弃。"
②杂然疑："杂然"是纷纷、都的意思。清·汪士铎《赤雅》诗："山绕南荒塞四维，思州风土杂然疑。"
③流云：流动变幻的云气。晋·葛洪《神仙传·卷五·茅君》："流云彩霞，霏霏绕其左右。"
④清空白石词："白石道人"是南宋词人姜夔别号，"清空"是古人对其词风的评价。宋·张炎《词源·卷下·清空》："词要清空，不要质实。清空则古雅峭拔，质实则凝涩晦昧。姜白石词，如野云孤飞，去留无迹……此清空质实之说。"

浅解：

　　本诗描摹路易斯湖雾气茫茫，山花绽放，云气飘扬的景色，全诗弥漫一种空灵的氛围。结句"如诵清空白石词"最为新颖，"清淡、空灵"，这是古人对于姜夔词的评价，而饶公用阅读姜夔词时的感受比喻观赏眼前景色的感受，真是诗人之想象，不深谙古典诗歌之道或无细腻而确凿感受的人无法体会如此巧妙的比喻。

　　简译：浓雾欺人展现诡姿，山花望我皆觉疑惑。天上流云时分时合，仿佛姜夔清空之词。

行处①幽篁不见天②，被离③春草更堪怜④。
少留⑤刹那⑥神仙窟⑦，雪白山青花欲然⑧。

注释：

①行处：所到之处。唐·杜甫《曲江二首》其二："酒债寻常行处有，人生七十古来稀。"
②幽篁不见天："幽篁"指幽深的竹林。《楚辞·九歌·山鬼》："余处幽篁兮终不见天，路险难分独后来。"
③被离：茂盛、众多的意思。《楚辞·九章·哀郢》："忠湛湛而愿进兮，妒

被离而郭之。"朱熹集注："被离,众盛貌。"

④更堪怜:"怜"有怜惜、喜爱的意思。宋·晁补之《蓦山溪·谯园饮酒为守令作》词:"司马更堪怜,掩金觞、琵琶催泪。"

⑤少留:即"稍留",短暂停留。唐·白居易《西河雨夜送客》诗:"酒罢无多兴,帆开不少留。"

⑥刹那:梵语的音译,古印度最小的计时单位。本意为妇女纺织一寻线所用的时间,一般用来表示时间极短,如一瞬间。《法华经·提婆达多品》:"深入禅定,了达诸法,于刹那间,发菩提心。"

⑦神仙窟:神仙居住的洞窟,常用以比喻隐居之处。唐·皮日休《鲁望示广文先生吴门二章,情格高散,可醒俗态,因追想山中风度,次韵属和,存于诗编,鲁望之命也》其二:"终古神仙窟,穷年麋鹿群。"

⑧山青花欲然:"然"即"燃",形容花开得火红,仿佛要燃烧起来。唐·杜甫《绝句》诗:"江碧鸟逾白,山青花欲然。"

浅解:

　　幽静茂密的竹林,茂盛的春草,白雪青山,火红似要燃烧的花朵,本诗描写景色的特点是色彩鲜明富丽,画面感极强。饶公称此处为"神仙窟",表达出对自然美景的喜爱与留恋之情,也透露出饶公作为文人的宁静平和心绪和艺术审美精致化。

　　简译:竹林茂密不见天空,茂盛春草惹人怜爱。且在仙洞停留片刻,雪白山青花欲燃烧。

重到此湖，方知湖名西文原为女性①，更赋一绝

曩岁②尝寻神女峰③，弥天④云雨识蚕丛⑤。
湖光淡沱胜西子⑥，油壁香车喜再逢⑦。

注释：

①湖名西文原为女性：指路薏丝湖，英文写作"Louis Lake"。当地人以Louis名此湖，Louis是英国女王维多利亚的女儿的名字，故饶公言"西文原为女性"。

②曩岁：往年。《旧唐书·列传第七十一》："曩岁盗臣窃发，国步多虞。"

③神女峰：巫山十二峰之一，又名望霞峰，美人峰，传说巫山神女居住之地，宋玉著名的《高唐赋》所写即此处。宋·陆游《入蜀记·卷六》："过巫山凝真观，谒妙用真人祠，真人，即世所谓巫山神女也。祠正对巫山，峰峦上入霄汉，山脚直插江中……惟神女峰最为纤丽奇峭，宜为仙真所托。"

④弥天：满天。三国魏·应璩《报东海相梁季然书》："顿弥天之网，收万仞之鱼。"

⑤云雨识蚕丛："云雨"指楚襄王与巫山神女相会的传说。战国·宋玉《高唐赋》："妾在巫山之阳，高丘之阻。旦为朝云，暮为行雨，朝朝暮暮，阳台之下。""蚕丛"是传说中的蜀人祖先，据说他的眼睛向前突起，头发在脑后梳成"椎髻"；蚕丛善于养蚕，把蚕桑的技术传播给当地百姓。据明·郑朴辑《蜀王本纪》："蜀王之先名蚕丛，后代名曰柏灌，后者曰鱼凫"。"云雨识蚕丛"意境化自明·顿锐《楼桑庙迎送神曲二首》其二："白帝城兮永安宫，鱼之腹兮蚕丛，巫阳云雨兮洞庭波。"

⑥湖光淡沱胜西子："淡沱"形容风光明净，"西子"指西施。本句意境化用宋·苏轼《饮湖上初晴后雨》："欲把西湖比西子，淡妆浓抹总相宜。"

⑦油壁香车喜再逢："油壁香车"指古时壁上用油涂饰，车厢内用香料熏香的车，一般为妇女乘坐，此处指巫山神女所乘之车。本句反用宋·晏殊《无题》诗"油壁香车不再逢，峡云无迹任西东"的诗意。

浅解：

饶公描写路易斯湖，全诗却无一字提及"路易斯"，将路易斯湖代换至巫峡神女峰，原因有二：一是路易斯湖以公主命名，而神女峰同样有与女子相关的美丽传说；二是路易斯湖具有巫峡神女峰那般迷离、幽美的景致。代换后，饶公着笔描摹神女峰，实是描摹路易斯湖，把我国文化传统中的美赋予路易斯湖。后两句反用典故，苏轼"欲把西湖比西子"，饶公却说湖光胜西子；晏殊说乘坐"油壁香车"的神女"不再逢"，情绪悲观落寞，饶公却言"喜再逢"，将情绪扬起。如此写法既赞扬路易斯湖之美，也表现饶公得见美景而洋溢喜悦之情。

简译：当年曾寻找神女峰，满天云雨认得蚕丛。湖景明净美胜西施，香车神女欢喜重逢。

车 中 即 事

大木万株据急流，苍山①衔雪②敞平畴③。
老翁自笑④如新妇⑤，闭置车中⑥强说愁⑦。

注释：

①苍山：即青山。唐·杜甫《九成宫》诗："苍山入百里，崖断如杵臼。"唐·储光羲《同王十三维哭殷遥》诗："太阳蔽空虚，雨雪浮苍山。"
②衔雪："衔"是连接，衔接，此形容山雪相连的景色。唐·孟郊《峡哀十首》其一："字孤徒仿佛，衔雪犹惊猜。"
③敞平畴："平畴"是平坦的田野，"敞"是形容地势开阔。清·钱楷《平定州道中》诗："层岩初落敞平畴，积翠中藏此一州。"
④老翁自笑：见宋·陆游《大雨》诗"老翁自笑独尔顽，更喜烟波摇短桨"。
⑤新妇：古时称新娘子或已婚妇女为"新妇"。清·杜濬《移寓自嘲》诗："十日如新妇，不曾逾户限。"
⑥闭置车中：身处车中的封闭环境。清·朱颖《江楼醉吟》诗："闭置车中三十载，江天今日豁双眸。"
⑦强说愁：因要赋诗而勉强言愁。南宋·辛弃疾《丑奴儿·书博山道中壁》词："爱上层楼，为赋新词强说愁。"

浅解：

饶公虽"闭置车中"，但神飞天外，观望远处的巨木急流、苍山白雪和一望无际的平原，逸兴遄飞，以诗歌书写激情。他自比"新妇"，不可谓不大胆，不可谓不新颖，不可谓不贴切。新妇感受生活中的愁绪时婉转细腻，饶公感受自然造化之宏伟，其产生的微妙感情亦如是婉转细腻，如此比喻也流露出天真幽默的情趣。辛弃疾说"少年不识愁滋味，爱上层楼，为赋新词强说愁"，饶公用此典故自比少年，诗中饱含幽默旷达、老当益壮的诗人情怀。

简译：千万大树倚靠水边，青山连雪面向原野。老翁自笑如同新娘，封闭车中勉强言愁。

文章独爱翻波澜①,漫写惊湍②笔已残。
迎面千峰苦不语③,临江有竹④报平安。

注释:

①翻波澜:比喻文章曲折起伏。宋·王炎《鳙溪行》诗:"我时年少气方锐,自负落笔翻波澜。"
②惊湍:急流,也用以比喻文章中急促而有气势的段落。晋·潘岳《河阳县作》诗:"山气冒山岭,惊湍激严阿。"
③千峰苦不语:意境化宋·王禹偁《村行》诗"万壑有声含晚籁,数峰无语立斜阳"。
④临江有竹:见唐·杜甫《春归》诗"苔径临江竹,茅檐覆地花"。明·刘嵩《题竹石赠汤子敏》诗:"为爱临江竹,萧萧绿一丛。"

浅解:

饶公在诗中表述文学创作上的观点,文章要波澜起伏,曲折动人,而在创作上更是孜孜以求、"漫写惊湍"。饶公把"山"、"竹"变成和人一样具有语言、思考的能力,自己则成为他们的伙伴,理解"山"的沉默,听懂"竹"的话语,这是传统文化中人与自然和谐合一的体现。该诗深入浅出,妙趣天成,在描景中蕴藉深刻思想。

简译:为文独爱波澜起伏,随意挥洒笔尖已残。面前千峰苦苦不言,江边青竹报告平安。

环湖无际尽拖蓝①,雪影澄波②月印③潭。
浓雾含诗诗似梦④,眼中云物⑤尽江南。

注释:

①拖蓝:典出"沂水拖蓝"。沂蒙地区的沂河源短流急,山洪来时拖泥带沙,沂河与祊河、涑河清水汇流后,形成清浊两种水流,像沂河中的浊水拖曳

一条蓝色水带，经久不混。后"拖蓝"即指水的蓝色。明·瞿式耜《画桥烟柳》诗："拖蓝远水卧长虹，高柳交加晓雾笼。"

②澄波：明净、清澈的水波。南北朝·鲍照《河清颂》："异源同清，澄波万壑，洁澜千里。"

③月印：指月影映照在水里。唐·李商隐《魏侯第东北楼堂郢叔言别聊用书所见成篇》诗："羽白风交扇，水清月映盆。"

④诗似梦：见清·斌良《广宁驿舍喜友人同宿》诗"坏壁乱题诗似梦，清宵轰饮酒如渑"。

⑤眼中云物："云物"是诗家常用语，即景色、景物。南朝齐·谢朓《高松赋奉竟陵王教作》："尔乃青春受谢，云物含明，江皋绿草，暧然已平。"

浅解：

  本诗描写无边无际的碧蓝湖水，白雪清波，明月倒影，雾气迷蒙，整幅图景如诗如画。故饶公言"浓雾含诗"，迷蒙的景色中饱含诗意，而诗意又恍如梦境，令人迷醉。全诗以"云物尽江南"收尾，将读者思绪陡然拉至江南，江南风光对于中国读者来说是熟悉而亲切的，如此一来更有利于饶公传达所欲描摹之地的风光之美，且为读者留下广阔的想象空间。

  简译：环绕湖面无际碧蓝，雪影清波月映水潭。浓雾饱含如梦诗意，眼中风物皆似江南。

晓起望湖外诸山,仿佛湘漓①景色,因赋

车中掠影②似浮舟③,螺髻玉簪④一望收⑤。
近水人家⑥芦荻⑦美,云间灯火⑧是何州⑨?

注释:

①湘漓:"湘漓"是湘江和漓江的合称,古人误以为两者同源。《水经注·湘水》:"湘、漓同源,分为二水,南为漓水,北则湘川"。其实湘江发源于广西壮族自治区海洋山,漓江源于苗儿山。"湘漓"景色即指广西桂林一带的山水景色。唐·陆龟蒙《和袭美天竺寺八月十五夜桂子》诗:"如何两地无人种,却是湘漓是桂林?"
②掠影:指眼前景物一扫而过,粗略观览。清·冯班《沧浪诗话纠谬》中有"涂光掠影"。
③浮舟:指行船。三国·魏·曹冏《六代论》:"浮舟江海,捐弃楫棹。"南朝宋·谢灵运《还旧园作见颜范二中书》诗:"浮舟千仞壑,总辔万寻巅。"
④螺髻玉簪:"螺髻"、"玉簪"分别为海螺形状的发髻、玉做的簪子;比喻高矮、形状各异的山岭。南宋·辛弃疾《水龙吟·登建康赏心亭》词:"遥岑远目,献愁供恨,玉簪螺髻。"
⑤一望收:指景色尽收眼底。明·艾穆《早登天池山顶望关中二雁塔》诗:"岩峣灵鹫曙初浮,风景苍茫一望收。"
⑥近水人家:见宋·陈岩《曹溪》诗"近水人家自是奇,水成湾处各开扉"。
⑦芦荻:芦、荻都是多年生草本水陆两生植物,一般生长在水边。唐·杜甫《秋兴八首》其二:"请看石上藤萝月,已映洲前芦荻花。"唐·刘禹锡《西塞山怀古》诗:"今逢四海为家日,故垒萧萧芦荻秋。"
⑧云间灯火:指云山中有人家灯火。宋·吕渭老《水调歌头》词:"要携妻子老云间。灯火荧荧深夜"。
⑨是何州:是什么地方。

浅解:

"湘漓"指桂林山水,桂林山水素有"甲天下"之美誉,饶公用桂林山

水比拟"湖外诸山",极言其美。诗中使用"玉簪"、"螺髻"、"芦荻"、"云间灯火"等传统诗歌意象,赋予西方山川以东方审美观,以增强此处山水的人文和历史趣味,读来亲切自然。

简译:乘车似船一闪而过,玉簪螺髻一望尽收。水边人家芦荻优美,云中灯火是何地方?

联峰移步即殊形①,狡狯②天挥画笔灵。
山水方滋庄老退③,回头烟树④正冥冥⑤。

注释:

①移步即殊形:"移步殊形"亦称"移步换形",移动脚步,情景也随之变换;多形容山中景色变化多端。清·戴名世《雁荡记》:"大抵雁荡诸峰,巧通造化,移步换形。"

②狡狯:本意为狡猾,此指机灵,出人意表。清·蒋时雨《疏影·自二坝渡江至芜湖舟中赏雪》词:"狡狯天公,何去何来,神通真恁奇绝。"

③山水方滋庄老退:《文心雕龙·明诗》:"宋初文咏,体有因革。庄老告退,而山水方滋。"刘勰提出,南朝宋初年以表现庄老思想为主的玄言诗发展走向末端而山水诗开始兴起。滋:滋生,开始发展。

④回头烟树:"烟树"为烟雾缭绕的树林,此句意境取自唐·韦庄《夏口行寄婺州诸弟》诗:"回头烟树各天涯,婺女星边远寄家。"

⑤正冥冥:"冥冥"为昏暗、渺茫、幽远的样子。《楚辞·涉江》:"深林杳以冥冥兮。"宋·汪莘《中元夜兴》:"东院长廊约二更,风雷送雨正冥冥。"

浅解:

"移步即殊形"是说游览此地山川,移动一步眼前景色即不同,所谓"一步一景",可知地势之曲折,山景之秀丽。饶公把美妙风光比成画作,且说是天公所画,故有第二句"狡狯天挥画笔灵"。饶公诗、书、画俱通,自然会有如此联想,写入诗中令人深觉恰切。第三句典出《文心雕龙》,原本是文艺批评方面讲论诗歌的语言,饶公却拿来描绘风景,新颖大胆,有独创之功,体现饶公广博的学识与稳健的艺术把握力。结句言回头一望,烟树迷茫,引人玩味,悠远深长。

简译：山峰连绵一步一景，神奇上天挥动灵笔。山水正盛老庄渐消，回望烟树幽远渺茫。

冈峦绵亘①似衡湘②，独立苍茫③水一方④。
拂晓万山皆本色，何须淡抹更浓妆。

注释：

① 冈峦绵亘："冈峦"是起伏的山岭。唐·王勃《滕王阁诗序》："桂殿兰宫，列冈峦之体势。""绵亘"是连绵不断的样子。汉·杨雄《蜀都赋》："东有巴賨，绵亘百濮。"
② 衡湘：衡山和湘水，泛指湖南一带的山川地势。唐·韩愈《柳子厚墓志铭》："衡湘以南，为进士者皆以子厚为师。"
③ 独立苍茫：唐·杜甫《乐游原歌》诗："此身饮罢无归处，独立苍茫自咏诗。"
④ 水一方：河边。《诗经·秦风·蒹葭》："所谓伊人，在水一方。"

浅解：

饶公以"衡山湘水"蜿蜒陡峭比喻此地风光。诗中描写山景有两处最堪称道。其一为"独立苍茫水一方"，七字取自杜甫诗"独立苍茫自咏诗"和《诗经》"在水一方"。古人论诗常以"无一字无来历"为高妙，饶公此七字俱有来历，且不是简单堆砌，而是与诗歌前后语境相互契合，为全诗增添盎然古意。妙处之二为第二联，故意与古人"对着干"，苏轼认为西湖"淡妆浓抹"为美，饶公却说群山本色最美，不须"淡妆浓抹"，这是反用典故，在继承诗歌传统的基础上表达出新意趣。

简译：山冈连绵仿佛湘水，独立苍茫江河之旁。清晨万峰呈现本色，何必需要浓妆淡抹？

黛痕①千里断还连②，阳朔未堪共比肩。
雾里好山馋老眼③，石湖④应为罢诗篇。

注释：

①黛痕：青黑色的痕迹、边际。宋·陆游《雨后快晴步至湖塘》诗："山扫黛痕如尚湿，湖开镜面似新磨。"
②断还连：指山峰相连，时断时续的样子。明·张时彻《题东沙园》诗："层峦叠嶂断还连，雪瀑霜涛翻不住。"
③馋老眼：指极其喜欢眼前景色，老诗人打趣的说法。清·冯云鹏《扫红亭吟稿·卷十·菊花二百咏》："其自题云：'无端馋老眼，搦管画蛾眉。'"
④石湖：石湖风景区，位于苏州城西南郊七公里，是太湖风景名胜区的重要景区。石湖亦指南宋诗人范成大，其号石湖居士，此处一语双关。

浅解：

　　本诗描摹断断续续千里绵延以及烟雾缭绕的群峰壮景，即使阳朔也难以比肩。其中"馋老眼"一句颇有饶公自我调侃之意味，流露出饶公作为诗人的天真幽默和对此处山水的真挚热爱，传达出得见美景的喜不自胜。

　　简译：青色山痕断续绵延，阳朔美景无法相比。雾中群峰馋我老眼，石湖为此放弃赋诗。

车中作画

树态山容变愈奇，倾危①林筱杂熊罴②。
生绡③愿假④大山笔，役使群仙招隐辞⑤。

注释：

① 倾危：倾斜欲倒。宋·李成《山水诀》："山高峻无使倾危，水深远勿教穷涸。"
② 熊罴："罴"是棕熊，体形较大。《列子·黄帝第二》："黄帝与炎帝战于阪泉之野，帅熊、罴、狼、豹、貙、虎为前驱。"
③ 生绡：未漂煮过的丝织品。古时多用以作画，故常指画布、画卷。唐·韩愈《桃源图》诗："流水盘回山百转，生绡数幅垂中堂。"
④ 假：借。《管子·轻重乙》："桓公曰：'曲防之战，民多假贷而给上事者。'"
⑤ 役使群仙招隐辞："招隐辞"指西汉淮南王刘安的门客淮南小山（一说为刘安本人）所作的楚辞《招隐士》，表达招徕山中隐者出仕的意思。"役使群仙"指逍遥自在的隐士生活。东汉·王逸《楚辞章句·招隐士》："招隐士者，淮南小山之所作也。昔淮南王安博雅好古，招怀天下俊伟之士……著作篇章，分造辞赋，以类相从，故或称小山，或称大山……小山之徒，闵伤屈原，又怪其文升天乘云，役使百神，似若仙者。虽身沉没，名德显闻，与隐处山泽无异。故作招隐士之赋，以章其志也。"

浅解：

饶公游览途中作诗记录自己于车内作画之情境，诗画美景，雅集一身，表现出饶公作为诗画博通艺术家的文人本色与悠然情致。饶公作画并以诗记录这种举动，本就饱含诗意，更丰富了此诗本身的韵味。"生绡愿假大山笔"是向大自然借画笔，用诗化语言表达出高妙的艺术观点，即作诗、作画都应善于体味生活，观察自然，从最真最淳的自然中取材，才能作出真挚动人的艺术作品。诗中用隐逸之典，表达了饶公愿与山林同乐的静谧心绪。

简译：树姿态山容貌愈变愈奇，倾斜林筱猛兽穿行其中。作画想要借用大山笔法，使唤群仙共赋招隐之辞。

冰　川

小雪先从积水①寒，坚冰千里已漫漫②。
数峰清苦宵来雨，商略黄昏③石上滩。

注释：

①积水：积聚的水，也指江河湖泊。唐·杜甫《别蔡十四著作》诗："积水驾三峡，浮龙倚长津。"唐·王维《送秘书晁监还日本国》诗："积水不可极，安知沧海东。"
②漫漫：众多，遍布，浩荡的样子。宋·范成大《题山水横看》诗其一："烟山漠漠水漫漫，老柳知秋渡口寒。"
③数峰清苦宵来雨，商略黄昏：意境化自南宋·姜夔《点绛唇·丁未冬过吴淞作》词"数峰清苦，商略黄昏雨"。

浅解：

饶公描写冰川美景，将其"寒"、"坚"、"广大"的特点表露无遗，气势磅礴而不失细腻。诗中巧用姜夔"数峰清苦，商略黄昏雨"一句，赋予其全新意境，可谓推陈出新，饶有新意。

简译：小雪由寒冰之水积淀成，履霜坚冰千里一望无际。山峰清峻寒苦迎来夜雨，似与黄昏石滩探讨奥义。

参差林影①异桃溪②，残雪数州③没众堤。
天外无山非玉垒④，云中有谷即天脐⑤。

注释：

①参差林影："参差"指长短、高低不齐的样子。《诗经·周南·关雎》："参差荇菜，左右流之。""林影"指林中树木阴影。唐·柳宗元《南涧中题》诗："回风一萧瑟，林影久参差。"明·薛瑄《靖州月夜杂咏》诗："参差

林影受风斜,坚坐胡床爱月华。"

②桃溪:典出《幽明录》。南朝宋·刘义庆《幽明录》:"汉明帝永平五年,剡县刘晨、阮肇共入天台山取谷皮,迷不得返。经十三日,粮食乏尽,饥馁殆死。遥望山上有一桃树,大有子实,而绝岩邃涧,永无登路。攀援葛藤,乃得至上。各啖数枚,而饥止体充……度山出一大溪,溪边有二女子……因要还家……遂停半年……求归甚苦……既出,亲旧零落,邑屋改异,无复相识。问讯得七世孙,传闻上世入山,迷不得归。"唐·王维《游春辞二首》其二:"经过柳陌与桃蹊,寻逐春光着处迷。"

③残雪数州:见清·郑孝胥《泰安道中》诗"乱峰出没争初日,残雪高低带数州"。

④玉垒:玉垒山在今汶川县,高峻奇险。《汉书·地理志》"绵虒"下原注云:"玉垒山湔水所出东南至江阳入江。"唐·李商隐《写意》:"人间路有潼江险,天外山惟玉垒深。"

⑤天脐:"脐"原指肚脐,引申为物体上形状如肚脐的凹凸处,此处把云中凹进去的山谷比作天的"脐"。清·樊增祥《三叠肝脐韵述事书怀呈樾翁》诗:"朝对南山寻地络,夜占北斗识天脐。"

浅解:

本诗描摹林影参差、残雪广远,天外云山。饶公使用"桃溪"典故——汉代人刘晨、阮肇在山中迷路,见溪边有桃,即吃桃充饥,后于溪边遇两名女子,被女子邀到家中居住半年,下山才发现人间物是人非,已过百余年,二人见到自己的七世孙。在诗中使用富有神仙色彩的传说使此地景观增添神秘、幽静氛围,并增加了文化蕴涵。饶公至美洲游览,作诗则赋予美洲自然山川以中国山水文化传统,增厚其文化意蕴,堪称绝妙。

简译:参差林影异于桃溪,融雪淹没数州河堤。天外山无不似玉垒,云中山谷正是天脐。

沿 溪

车如钝马①客成逋②，无数山同大小孤③。
一水饮人④通南北，可容濯足⑤向平湖⑥。

注释：

①钝马：迟钝、不灵活的马，形容车走得慢。
②客成逋：逋客，漂泊流亡的人；失意的人。唐·白居易《读李杜诗集，因题卷后》诗："暮年逋客恨，浮世谪仙悲。"
③大小孤：大孤山位于鄱阳湖中，小孤山位于宿松县城东南的长江中，孤山位于西湖上。一般江河湖泊中的山称"孤"，故此处用"大小孤"形容溪边的大小山峰。宋·王十朋《子长和诗复酬二首》其一："两翁异日为邻舍，笑说江山大小孤。"
④饮人：供他人饮水。《晋书·裴楷传》："长水校尉孙季舒尝与崇酣燕，慢傲过度，崇欲表免之。楷闻之，谓崇曰：'足下饮人狂药，责人正礼，不亦乖乎？'"
⑤濯足：本意为洗去脚上的污垢，引申为清除世尘，保持高洁性情。《楚辞·渔父》："沧浪之水清兮，可以濯吾缨；沧浪之水浊兮，可以濯吾足。"
⑥平湖：波平如镜的湖。晋·陶潜《丙辰岁八月中于下潠田舍获》诗："扬楫越平湖，泛随清壑回。"

浅解：

饶公书写沿溪所见所感。舟车劳顿，感叹人生羁旅生活的凄苦，萌发遁世之想、隐逸思想和高洁品性一览无遗。诗虽简短，余音袅袅。

简译：车如钝马客伤漂泊，无数山峰如大小孤。江河养人南北贯通，平静湖水容人洗足。

和锲斋三首

宾芙①

风光尽在野蔷薇②,万玉枝头③一片绯④。
最是恼人⑤微雨后,未秋⑥双燕故飞飞⑦。

注释:

① 宾芙:即班芙,英文写作"Banff"。位于加拿大阿尔伯塔省卡加利西面的一个小镇,在洛基山脚下,景色优美,被称为"洛基山的灵魂"。班芙整个城镇都是加拿大班芙国家公园(Banff National Park)的一部分,公园内有冰峰、冰原、冰河、冰川湖等景色,是加拿大历史最悠久的国家公园。
② 野蔷薇:即多花蔷薇,属落叶攀援性灌木,每年五六月份开花,花有白、粉色等。宋·蔡伸《浣溪沙》词:"篱边开尽野蔷薇。"
③ 万玉枝头:"万玉"指众多色泽光洁如玉之物。宋·王安石《甘棠梨》诗:"爱其凌秋霜,万玉悬磊砢。""万玉枝头"原指梅花。元·韦珪《和冯子振梅花百咏·索梅》诗:"掇来盆盎难为色,万玉枝头早见分。"
④ 绯:红色。唐·白居易《日渐长,赠周、殷二判官》诗:"万茎白发直堪恨,一片绯衫何足道!"宋·胡用庄《咏红蕉》诗:"谢家池馆遇芳菲,破绿抽心一片绯。"
⑤ 最是恼人:见唐·李节度姬《会张生述怀》诗"最是恼人情绪处,凤皇楼上月华寒"。
⑥ 未秋:尚未到秋天。唐·白居易《太湖石》诗:"未秋已瑟瑟,欲雨先沉沉。"
⑦ 故飞飞:像以往那样飞翔。唐·杜甫《秋兴八首》其三:"信宿渔人还泛泛,清秋燕子故飞飞。"

浅解:

本诗描绘加拿大班芙国家公园的优美景致,野蔷薇枝头光洁,一片绯红；雨过微凉，燕子飞舞，描写细腻，读来如身临其境。

简译：风光之美聚于蔷薇，光洁枝头一片绯红。小雨过后令人惆怅，未到秋季燕子先飞。

瘦西湖①

薄游②湖水涉津涯③，弱柳④依依⑤集晚鸦⑥。
叠石嶙峋⑦谁省识⑧，最怜清瘦似黄花⑨。

注释：

① 瘦西湖：位于扬州市北郊的风景名胜区。清代钱塘诗人汪沆有诗云："垂杨不断接残芜，雁齿虹桥俨画图。也是销金一锅子，故应唤作瘦西湖"，瘦西湖由此得名。

② 薄游：轻装漫游，随意游览，泛泛而游。明·徐渭《梅赋》："往予薄游海外，闻罗浮之胜而未得登焉。"

③ 涉津涯："津涯"指岸，水边。《书·微子》："今殷其沦丧，若涉大水，其无津涯。"孔传："言殷将没亡，如涉大水无涯际，无所依就。"本诗"涉津涯"指到水边游览。

④ 弱柳：细嫩柔弱的柳枝。唐·贾至《早朝大明宫呈两省僚友》诗："千条弱柳垂青琐，百啭流莺满建章。"

⑤ 依依：树枝随风轻摇的样子。《诗经·小雅·采薇》："昔我往矣，杨柳依依；今我来思，雨雪霏霏。"

⑥ 集晚鸦：傍晚乌鸦聚集的景象，诗中用此意象一般营造出凄凉萧索的氛围。南宋·陆游《晚登横溪阁》诗："空桑客土生秋草，野渡虚舟集晚鸦。"

⑦ 叠石嶙峋：山石峻峭重叠的样子。清·潘耒《游中岳记》："俯视壑中，叠石嶙峋，雷轰斧劈。"

⑧ 省识：认识。唐·杜甫《咏怀古迹》诗其三："画图省识春风面，环佩空归夜月魂。"

⑨ 清瘦似黄花："黄花"指菊花，诗中常以菊花的单薄比喻人的清瘦憔悴。宋·李清照《醉花阴》词："帘卷西风，人比黄花瘦。"

浅解：

　　饶公在湖边游览，见弱柳迎风、晚鸦栖息之景，遂作此诗。此诗关键突出一"瘦"字，西湖之"瘦"，石之"瘦"，"黄花"之瘦，饶公言"叠石嶙峋"中最爱那"清瘦似黄花"之石。中国文化的传统审美观念，山石以"瘦硬"为美，"瘦硬"象征坚毅、耿介。从人的审美观念中亦可见其为人，饶公偏爱"瘦石"，正可见其精干矍铄的精神状态和坚毅耿介的品性操守。

　　简译：湖边散步恣意游览，细弱柳枝晚鸦聚集。山石层叠谁能认得，清瘦如菊最惹人怜。

又和慕莲湖①，恨未同往穷林壑②之美

十老千峰③迥出群④，时人只识黄山云⑤。
同来未尽山川胜⑥，画笔镂冰⑦尚待君。
（山谷句云："镂冰文章费工巧"）

注释：

①慕莲湖：也译作"梦莲湖"，英文写作"Moraine Lake"，是加拿大班芙国家公园的一个冰川湖，位于十峰山下。每年六月底湖水达到最高线，湖水折射沉积的岩粉，呈现蓝绿色，被世界公认为最有拍摄价值的湖泊。

②林壑：山林丘壑。东晋·谢灵运《石壁精舍还湖中作》诗："林壑敛暝色，云霞收夕霏。"

③十老千峰：指加拿大班芙国家公园内十座海拔三千多米的山峰，山峰北侧有"十峰山谷"（英文写作 Valley of the Ten Peaks）。慕莲湖即位于十峰山谷的东南部。

④迥出群：十分突出、出众。唐·皮日休《奉和鲁望玩金鸂鶒戏赠》诗："镂羽雕毛迥出群，温馨飘出麝脐薰。"

⑤时人只识黄山云：句法化自宋·程颢《春日偶成》诗"时人不识余心乐，将谓偷闲学少年"。

⑥山川胜：山河美景。宋·贺铸《燕子楼》诗："城据山川胜，千年楚故都。"

⑦画笔镂冰："镂冰"指在冰上雕刻。汉·桓谭《新论·启寤第七》："画水

镂冰，与时消释。""画笔镂冰"形容细致、精巧地描摹景物，写作诗文；亦表示雕刻寒冰，冰雪融化，一切徒劳无功，只得抒发一时之兴的意思。饶公自注，本句化自宋·黄庭坚《送王郎》"镂冰文章费工巧"。

浅解：

饶公未能与锲翁同观山川林壑美景，未免生出遗憾之情，故以此诗和锲翁。起句描绘十峰山卓然独立，并以黄山云雾与之相比，体现饶公学贯中西的广阔视角与胸襟。第三句表达"未尽山川胜"的遗憾之情，末句笔锋一转，希望锲翁作诗记游，既赞扬锲翁之诗笔，体现诗友间的真挚情谊，也表达出与诗友共同游历作诗相和的喜悦心情。

简译：十座高峰迥然出众，时人只知黄山云雾。来此未能尽览山川，兴起作诗还需待君。

江南春集

  1985年春,梁锲斋有邓尉、超山赏梅之约,程十发复为安排浙东之游,遂遍历会稽、天台、雁荡诸胜,得诗一卷,聊纪行踪云。

峭其茅屋懒題詩，訊淺深更，敲矣鐘月，如鉤春意，勃西郊好，是未眠時

黃山榖舊作 乙未遲筆

西郊宾馆喜诵锲翁催花①之什②

其一

峭寒③穿屋④懒题诗⑤，花讯浅深⑥更孰知⑦。
缺月如钩⑧春意动，西郊好是未眠时。

注释：

①催花："催促花开"之意。《岁时广记》引《卓异记·发名花》："天授二年腊，卿相等诈称上苑花开，请幸，则天许之。乃遣使宣诏曰：'明朝游上苑，火急报春知。花须连夜发，莫待晓风吹。'于是，凌晨名花瑞草皆发，群臣咸服。"唐·白居易《叹春风兼赠李二十侍郎二绝》其一："树根雪尽催花发，池岸冰消放草生"亦用此典。
②什（音"十"）：诗篇，篇章，篇目。
③峭寒：料峭的寒意，轻微寒冷。宋·徐积《杨柳枝》诗："清明前后峭寒时，好把香绵闲抖擞。"宋·苏轼《定风波》："料峭春风吹酒醒，微冷，山头斜照却相迎。"
④穿屋：穿过墙壁进入屋中，此处形容风寒之凌厉。《诗经·国风·召南·行露》："谁谓雀无角，何以穿我屋？"《晋书·列传第六》："时华见剑穿屋而飞，莫知所向。"
⑤懒题诗：描摹诗人身心恬淡闲散，懒于作诗之情境。宋·方岳《秋崖集·卷三·洞元小集》："鹤骨清寒不受吹，白云侵砚懒题诗。"
⑥花讯浅深："花讯"是开花的讯息。宋·陈起《江湖后集·卷十七·前调（寿湛卢先生）》："趁舞罗衣花讯暖，撚吟髭，玉勒迎东笑。"花开得多则颜色深，开得少则颜色浅淡，故以"浅深"描述花讯。
⑦孰知：谁能知道。
⑧缺月如钩："缺月"是不圆之月，弯如钩。唐·杜甫《宿凿石浦》："缺月殊未生，青灯死分翳。"宋·苏轼《卜算子》："缺月挂疏桐，漏断人初静。"

浅解：

　　早春时节，饶公应友人之邀，往江浙梅花盛开之地赏梅踏春，一路美景在目，与友人相和，得好句而激赏，诗人性情得以流露也。锲翁有诗甚妙，饶公读之心喜，遂以诗相和，同抒畅怀，乃有此篇。当此时，身处春寒之中，未知花开多少，然望夜月如钩，能知春意将浓，时饶公诗心之敏感也。西郊夜好，不眠正可为诗，此饶公享受生命之大情趣也。

　　简译：寒意穿屋懒于作诗，花开多少谁能得知。弯月如钩春意兴起，西郊美在未眠时分。

其二

昨夜东风①与②索诗③，夭桃④拂槛⑤竞⑥含姿⑦。
凭谁⑧为报春消息⑨，嫩柳依人⑩亦展眉⑪。

注释：

①东风：春风。《毛诗注疏·卷第二》："'东风'至'嗣生'。"南唐·李煜《虞美人》云"小楼昨夜又东风，故国不堪回首月明中"。

②与：向……（索诗）。

③索诗：索要诗篇。清·浦起龙《读杜心解·卷一·大云寺赞公房四首》："因赞公索诗而成也。"

④夭桃：指桃花开得茂盛灿烂。《诗经·周南·桃夭》："桃之夭夭，灼灼其华。"《毛传》云"桃有华之盛者，夭夭，其少壮也"。

⑤拂槛："槛"是栏杆，"拂槛"指桃花枝叶随风摆动，轻擦栏杆。唐·李白《清平调》："云想衣裳花想容，春风拂槛露华浓。"

⑥竞：争相。

⑦含姿：指景色或人物姿态美好。《玉台新咏·卷五·舞女》："发袖已成态，动足复含姿。"

⑧凭谁：让谁，请谁，凭借谁。唐·杜甫《喜达行在所三首》其三："死去凭谁报，归来始自怜。"

⑨报春消息：报告春天到来的讯息。南宋·洪适《答徐守》："江梅独报春消息。"

⑩嫩柳依人：指柳叶轻柔动人的样子。《诗经·小雅·采薇》："昔我往矣，杨柳依依。"
⑪展眉：眉开眼笑的样子，指心情畅快。唐·元稹《遣悲怀》："唯将终夜长开眼，报答平生未展眉。"

浅解：

中国文化讲究"道法自然，天人合一"，人与自然之间，不是自我与外物的关系，而是相互融合统一的。在中国文人的眼睛里，自然是和自己一样的伙伴，饶公"东风索诗"恰合此意。东风原为自然之物，但在饶公眼中，非止人懂诗，风亦懂诗；非止人有情，风亦有情。东风与饶公是一对诗友，风来索诗，饶公作诗，这是多么富有中国文人性情意趣的场景。第二联，"柳树"在饶公眼中，为了报告春消息的使者，这又是将柳当作与自己一样的人，人与自然的界限不再分明，人即是自然，自然也即是人。饶公的诗人精神和大境界正在此处体现。

简译：昨夜东风讨要诗篇，桃花拂栏展露风姿。谁来报知春之消息？轻柔柳枝展露眉眼。

又作示^①程十发^②

先生晨赋^③催花诗^④，花不能言自生姿。
今年江南春苦晚，北来只惜花开迟。
一江水暖多凫鸭^⑤，两行新柳初垂丝^⑥。
虽有繁枝插晴昊^⑦，不见檀心^⑧映玉池^⑨。
五十年间真电抹^⑩，裁剪冰绡^⑪费吟髭^⑫。
好买胭脂试匀注^⑬，同行况有老画师^⑭。
明朝邓尉^⑮骑驴^⑯去，飞笺说与春风知^⑰。

注释：

①示：给……看。
②程十发：名潼（1921—2007），著名画家、书法家，上海"书画三杰"之一。斋名曾用"步鲸楼"、"不教一日闲过斋"，后称"三釜书屋"、"修竹远山楼"。在人物、花鸟画领域独树一帜，连环画、年画、插画等领域也造诣精深。
③赋：作诗。
④催花诗：见《西郊宾馆喜诵锲翁催花之什（其一）》注①。
⑤凫鸭：水鸭，俗称野鸭。宋·苏轼《惠崇春江晓景》"春江水暖鸭先知"，与全句诗境相近。
⑥垂丝：指柳树枝条垂下，如千万条细丝。唐·贺知章《咏柳》："万条垂下绿丝绦。"
⑦晴昊："晴昊"意思是晴朗的天空。唐·杜甫《苏端薛复筵简薛华醉歌》："安得健步移远梅，乱插繁花向晴昊。"
⑧檀心：浅红色的花蕊。宋·苏轼《王伯敭所藏赵昌花·黄葵》诗："檀心自成晕，翠叶森有芒。"
⑨玉池：水光透亮的池塘，水面光洁如玉。唐·许稷《赋得风动万年枝》："婀娜摇仙禁，缤翻映玉池。"
⑩电抹：如闪电掠过一般，形容时间流逝飞快。宋·苏轼《木兰花令·次欧

公西湖韵》词："佳人犹唱醉翁词，四十三年如电抹。"

⑪裁剪冰绡："冰绡"是像冰一样洁白的丝织品。宋徽宗赵佶《燕山亭·北行见杏花》"裁剪冰绡，轻叠数重，淡著胭脂匀注"，是将杏花的花瓣比作"冰绡"，饶公用此意，亦指花瓣。

⑫吟髭："吟"指吟诗、作诗。"髭"是髭须、胡须，"吟髭"是诗人的胡须。唐·杜荀鹤《乱后再逢汪处士》："笑我于身苦，吟髭白数茎。"

⑬胭脂试匀注：用胭脂均匀涂抹。见注⑪"淡著胭脂匀注"，赵佶将杏花花瓣的颜色比喻为在"冰绡"上淡淡地涂抹胭脂，饶公亦用此典，描摹花色。

⑭老画师：指画家程十发先生，见注②。

⑮邓尉：汉代太尉邓禹曾在今苏州市西南三十里地方隐居，后人称此地为"邓尉山"。此地为赏梅胜地，称"邓尉梅"。

⑯骑驴：指孟浩然骑驴踏雪寻梅事，因亦与梅花相关，故与"邓尉梅"典连用。清·罗惇衍《集义轩咏史诗钞·卷三十六》："浩然尝于雪中骑驴寻梅。"

⑰说与春风知：把消息传递给春风。宋·苏轼《留别释迦院牡丹呈赵倅》："应问使君何处去，凭花说与春风知。"

浅解：

1985年春，饶公、锲翁、程十发同到江南游春。绿叶繁密，花却迟迟不开，三位诗人看来难免感到遗憾。饶公突发奇想"既然你春花晚开，不如我自己造一片春"，于是神来之笔"裁剪冰绡""胭脂匀注"，要用白绢裁剪、胭脂染色，自己制成春花，三位老诗人正是要自己做起春风来！饶公不无幽默地说"同行况有老画师"，这是告诉春风："不要以为没有你，我们就看不到春花；不要以为我们染出的花色不匀，我们还有一位丹青妙手呢！"这是天人共乐的趣话。全诗最后，饶公效法古人寻梅探春，并且还要把自己的精神享受"说与春风知"，将人和自然的对话、融合贯穿到结尾，读来余味不绝。

简译： 先生一早赋诗催花，花不言语自有美态。今年江南春来甚晚，北来惋惜花开迟缓。一江水暖沐浴野鸭，两行新柳垂落细丝。繁密青枝插满晴空，不见粉花倒映池中。五十年如电光闪过，裁剪白绢耗费吟须。买来胭脂均匀涂抹，何况有老画家同行。明天邓尉骑驴而去，寄出信笺春风传话。

昆山亭林公园①

九州原巘②久流连，屡谒攒宫③不计年④。
七十老翁⑤何所冀，空纾⑥利病⑦托陈编⑧。

注释：

① 亭林公园：位于江苏省昆山市西北，因纪念清代大儒顾炎武（字亭林，昆山人）而得名。玉峰山坐落其中，景致优美，是一座江南名园。
② 原巘："原"是平原；"巘"原意为大山上的小山，也泛指山。《诗经·大雅·公刘》："陟则在巘，复降在原。"《毛传》："巘，小山，别于大山也。""原巘"合用，山川原野，泛指江山、国土。
③ 屡谒攒宫："屡"是多次的意思。"谒"是拜访、到访，恭敬的说法。"攒宫"指帝王的陵墓。顾炎武是明末清初的遗民，十分忠于明朝，明亡后多次拜谒明代皇帝陵墓，表达不忘前朝的民族情怀，并作了四篇《谒攒宫文》。康熙元年（1662年），谒天寿山、明怀宗思陵，纪念崇祯皇帝殉难十八周年，作《攒宫文一》；康熙三年（1664年），谒天寿山，祭奠崇祯皇帝，作《攒宫文二》；康熙八年（1669年），谒十三陵，作《攒宫文三》；康熙十六年（1677年），谒天寿山、十三陵，作《攒宫文四》。清·陈田《明诗纪事·辛签·卷十三》载"亭林五谒孝陵，四谒攒宫"。
④ 不计年：不管时间。
⑤ 七十老翁：指顾炎武（1613—1682），享年七十岁。
⑥ 纾：排除、解除（国家的危难）。
⑦ 利病：字面意指国家政策上的优势与劣势。顾炎武作《天下郡国利病书》，这是一部考察明代各地方政治、经济、历史、地理、赋税、屯垦、水利、漕运等方方面面情形的伟大著作，他希望藉此为国家的改革、建设作出贡献。
⑧ 陈编：古籍、古书，代指《天下郡国利病书》。

浅解：

饶公游览昆山亭林公园，缅怀清代大儒顾炎武。明朝灭亡后，顾炎武毅然起兵抗清，虽然多次失败且亲友被杀，仍然奔走在中原大地上反清复明，为民族寻找一线希望。七十岁高龄的老人念念不忘国家和百姓，彰显中国知识分子的传统精神：学问关天下，苍生常在心。饶公笔下的顾炎武之所以动人，不仅因为顾炎武的伟大，更因为饶公的精神与顾炎武等传统文人的精神一脉相承。诗中表现顾炎武的情怀，更是表现饶公的爱国心。

简译：九州大地奔走不息，拜谒皇帝不计年岁。七十老翁有何希冀？空把抱负寄托书中。

刘 过 墓①

风雨渡江意无前②,寒花为子③尚嫣然。
我来三绕④龙洲⑤墓,斗酒⑥何人共拍肩⑦。
(龙洲沁园春语)

注释:

①刘过墓:刘过(1154—1206)是南宋时期著名词人,吉州太和(今江西泰和县)人,长于庐陵(今江西吉安),字改之,号龙洲道人。多次应举不中,一生布衣。词风豪迈,与辛弃疾相仿,抒发抗金志向,有《龙洲集》《龙洲词》存世。刘过去世于昆山,其墓至今尚在昆山亭林公园内玉峰山东麓,墓碑上书"宋庐陵处士龙洲刘先生之墓"。
②意无前:一往无前,意志坚决。
③寒花为子:"子"为"你"的代称,此指寒花为了刘过尚且嫣然绽放。
④三绕:"绕三灵"为祭祀程序,即祭拜佛、道、巫神灵。"三绕"即指祭拜。
⑤龙洲:见注①。
⑥斗酒:整斗酒,形容饮酒量极大。南宋·刘过《沁园春斗酒彘肩》词:"斗酒彘肩,风雨渡江,岂不快哉!"
⑦拍肩:朋友间轻拍肩膀,表示关系亲密。清·唐孙华《双凤村居诗以志之》诗:"拍肩同辈多零落,陇畔何人许耦耕?"

浅解:

辛弃疾邀请刘过到绍兴府参加宴会,刘因故未往,在杭州写下《沁园春》词以作答复。词中文情诙诡描摹风雨渡江来到辛弃疾住所,可就在他出发之时,却被白居易、林逋、苏轼拉回来,说明为何不能赴宴。刘过石破天惊的想象,联结不相干的三个人的纽带是诗歌精神,跨越时空而永存。饶公来到刘过墓前,忆起那段诗坛佳话,于是继承刘过想象与诗歌精神写下此诗,再次跨越时空,邀集名流。在墓前徘徊良久,饶公感到忧伤袭来,刘过当年请"先人"共饮,如今刘过自己也成"先人"。感慨生命渺小短暂,陡出"斗酒何人共拍肩"一句，可谓点睛之笔，饱含对人生的大理解和对宇宙的大悲悯。本诗是饶公与古人的对话，是诗歌精神的延续与呼应。

简译：风雨渡江一往无前，寒花为你嫣然绽放。我来墓前缅怀刘过，与谁一起拍肩畅饮？

邓尉候梅　用东坡和秦太虚梅花①韵

温风②一夜苏万槁③，先放数枝堪绝倒④，居然香雪⑤春无数，我诗幸未被花恼⑥。偶见横斜水清浅⑦，只道逋仙⑧来太早，正须立马待黄昏⑨，太湖处处皆晴好。不惜迟春去复来，造物欲人兴不扫，窐⑩上对花未忍回，移根⑪何如此终老。诗人结习⑫苦难捐⑬，花外行吟⑭空草草⑮，君看好事⑯宋商丘⑰，还留片石悬苍昊⑱。（"香雪海"三字为宋荦题）

注释：

①和秦太虚梅花：宋·苏轼有诗《和秦太虚〈梅花〉》，饶公此诗用苏诗韵。
②温风：和暖的风。《列子·汤问》："温风徐回，草木发荣。"
③槁：指植物的干枯、枯萎。《庄子·齐物论》："形固可使如槁木。"
④绝倒：此指见到美景而折服、赞叹。唐·戎昱《听杜山人弹胡笳》诗："杜陵先生证此道，沈家祝家皆绝倒。"
⑤香雪：梅花色白如雪且有香气，故以"香雪"指称梅花。清·龚自珍《虞美人》词："笛声叫起倦魂时，飞过蒙蒙香雪一千枝。"
⑥被花恼：见唐·杜甫《江畔独步寻花》诗其一"江上被花恼不彻，无处告诉只颠狂"。
⑦横斜水清浅：北宋·林逋《山园小梅》诗："疏影横斜水清浅，暗香浮动月黄昏。"
⑧逋仙：对林逋的敬称。林逋（967—1028），宋代诗人，字和靖，隐居杭州，在西湖孤山养鹤种梅，驾舟遨游。明·徐渭《古今振雅云笺·卷十》："林逋隐于孤山，号孤山处士，以梅为妻，以鹤为子。"
⑨立马待黄昏：宋·苏轼《和秦太虚梅花》诗："多情立马待黄昏，残雪消迟月出早。"
⑩窐：洞，窐洞。《管子·七臣七主》："文采纂组者，燔功之窐也。"
⑪移根：移植。北周·庾信《枯树赋》："昔之三河徙植，九畹移根。"
⑫结习：积久难改的习惯，积习。本出自佛家典籍，《维摩诘经·观众生品第七》："结习未尽，华着身耳；结习尽者，华不着也。"

⑬捐：舍弃，抛弃，此处引申为改正。《后汉书·列女传》："捐金于野。"
⑭行吟：边行走边吟诗。《楚辞·渔父》："屈原既放，游于江潭，行吟泽畔"。
⑮草草：仓促，草率。唐·李白《南奔书怀》诗："草草出近关，行行昧前筹。"
⑯好事：喜好多事，生事。《孟子·万章上》："万章问曰：'或谓孔子于卫主痈疽，于齐主侍人瘠环，有诸乎？'孟子曰：'否，不然也；好事者为之也。'"朱熹《集注》："好事，谓喜造言生事之人也。"
⑰宋商丘：明末清初诗人宋荦（1634—1714），商丘雪苑六子之一。他是河南商丘人。此处提及宋商丘是由于邓尉山有"香雪海"题字，饶公自注："'香雪海'三字为宋荦题。"
⑱苍昊：苍天，天空。《梁书·武帝纪》："上达苍昊，下及川泉。"

浅解：

邓尉山梅花天下闻名，饶公来此赏梅，乃作此诗。宋代诗人秦观赏梅留下诗篇，苏轼有诗和秦观，如今饶公再用苏诗韵脚作诗，相隔千年而与苏轼再次相和，这种诗性举动为诗歌内容本身更增一抹旷远气息。诗中描写春日暖风复苏万物，梅花凌寒早放、美不胜收的景象。饶公联想到爱梅并留下千古名句"疏影横斜水清浅，暗香浮动月黄昏"的林逋，想到在此题下"香雪海"三字的宋荦，这些本身就带有梅花气质的古人更为诗歌增添了文化情味。全诗洋溢着喜悦开怀的心情，表达出对自然的热爱，与自然的交融，更能看出饶公身为大诗人天真烂漫的一面。

简译： 暖风一夜草木复苏，先放之花令人赞叹，梅花带来无限春意，我诗幸未被花惹恼。偶见横斜清浅水中，以为逋仙太早来到，立在马上等待黄昏，太湖处处晴朗美丽。莫惜春迟春总会来，真宰让人兴致不减，窑上看花不忍归去，迁徙不如于此终老。诗人苦于积习难改，花外行吟显得匆促，您看那好事的宋荦，还留题石悬置青天。

蟠螭山石壁①

虚谷②憨山③去不还,孤根蟠结④石垣⑤间。
片帆安稳波千顷,七十二峰⑥薮⑦上山。

注释:

①蟠螭山石壁:蟠螭山位于苏州太湖畔,是"太湖七十二峰"之一。蟠螭山石壁上生长着一棵树龄三百岁的石楠树,形状如盘曲的螭龙,以此得名。
②虚谷:指清代初年僧人朱怀仁(1823—1896),著名画家。他出家后法号虚谷,往来江南各地卖画为生,一生清贫,死后埋葬在蟠螭山。
③憨山:明代万历年间的僧人,俗家姓蔡,字澄印,曾经隐居在蟠螭山上,在面朝太湖的永慧禅寺修行。
④蟠结:盘曲纠结,此处指石壁上的古树,详见注①。
⑤石垣:"垣"是墙壁,"石垣"即指蟠螭山石壁。
⑥七十二峰:太湖边上山峰很多,有著名景观"七十二峰"。
⑦薮:本意为生长着很多草的湖,此处指太湖。

浅解:

蟠螭山是太湖七十二峰之一,饶公游览蟠螭山作成此诗。首联采用时空交错的写法,首句联想古时之事,曾在此隐居的虚谷、憨山如今都已不在;二句将思绪拉回当下,描写仍在眼前的孤根石垣。两句形成对比效果,当年景物还在而先人已经消逝,表达出物是人非的深沉历史感慨。第三句笔势一变,从沉思中醒来,转而激昂。太湖上风浪正烈,而小舟搏浪稳航,饶公乘坐舟上观看拔地而起的七十二座高峰,从语言运用、景物描摹到情绪表达,都充满斗志而气势豪壮,全诗于刚健中收尾,气韵不散,余味绵长。

简译:虚谷憨山一去不返,古树盘曲扎根石壁。小船稳泛千顷波涛,七十二峰矗立水上。

山阴道①上和锲翁

为爱名山入剡来②，沉沉迷雾③晓初开。
敢将④纸上倪迂⑤柳，换取⑥江头⑦何逊梅⑧。

注释：

①山阴道：古代官道，在今浙江西南郊外，以风景优美著称。唐·杜甫《舟中夜雪有怀卢十四侍御弟》："不识山阴道，听鸡更忆君。"
②为爱名山入剡来："剡"在浙江，剡县、剡溪。唐·李白《秋下荆门》诗："自爱名山入剡中。"
③沉沉迷雾：雾气弥漫浓重。唐·徐彦伯《赠刘舍人古意》诗："仙阁雾沉沉。"
④敢将：即"将"，"敢"为谦辞，不敢、冒昧。宋·苏轼《谢人见和前篇二首》诗其一："已分酒杯欺浅懦，敢将诗律斗深严。"
⑤倪迂：倪瓒（1301—1374），字元镇，江苏无锡人，元代画家。因性情怪僻被称"倪迂"。清·韩国栋《瓦亭烟岚》诗："画图犹待倪迂写。"
⑥换取：换得。清·张廷瓒《留住廊图地方即事》诗其三："肯将杨柳三春色，换取烽烟万里侯。"
⑦江头：江岸，江边。唐·杜甫《哀江头》："江头宫殿锁千门。"唐·白居易《琵琶行》："浔阳江头夜送客，枫叶荻花秋瑟瑟。"
⑧何逊梅：何逊（472—519）是南朝梁诗人，善于写景，曾作著名的《咏早梅》诗。明·杨慎《何双梧、徐静谷相送至广通》："才醒何逊梅花梦，又续徐凝瀑布诗。"

浅解：

本诗描绘山阴道上的优美风光，名山晓雾，梅柳争春，动人诗情，饶公作诗与锲翁相和，这是两位诗人间的沟通。柳、梅本属自然之物，饶公言"倪迂柳"、"何逊梅"，赋予自然景物以人文色彩。倪瓒与何逊的人生况味附着在柳梅之上，增添文化意味与文人情调，是此诗妙处。

简译：因爱名山来到剡地，沉沉雾气清晨初散。敢把纸上倪瓒之柳，换成江边何逊之梅。

放 鹤 亭①

瘦枝②千唤③始含苞,独鹤④还思下九皋⑤。
商略黄昏湖外雨⑥,题襟⑦兴味属吾曹⑧。

注释:

① 放鹤亭:宋代隐士张天骥(1041—?)建亭于徐州云龙山,每日清晨在亭中放飞仙鹤,以此得名。宋·苏轼《放鹤亭记》:"而山人之亭,适当其缺……山人有二鹤,甚驯而善飞。旦则望西山之缺而放焉……故名之曰'放鹤亭'。"
② 瘦枝:细弱的花枝。清·刘墉《和高青邱〈梅花〉九首》其九:"春回南国最先知,入骨阳和到瘦枝。"
③ 千唤:多次呼唤、催促。唐·白居易《琵琶行》:"千呼万唤始出来,犹抱琵琶半遮面。"
④ 独鹤:离群之鹤。唐·杜甫《陪郑公秋晚北池临眺》:"独鹤元依渚,衰荷且映空。"
⑤ 下九皋:飞下曲折幽远的水泽。《诗经·小雅·鸿雁之什·鹤鸣》:"鹤鸣于九皋,声闻于野。"《毛传》:"皋,泽也。"《郑笺》:"皋,泽中水溢出所为坎,自外数至九,喻深远也。"
⑥ 商略黄昏湖外雨:"商略"意为商讨、酝酿。南宋·姜夔《点绛唇·丁未冬过吴淞作》:"数峰清苦,商略黄昏雨。"
⑦ 题襟:指文人唱和抒怀。宋·计有功《唐诗纪事·卷第五十七》:"成式有《汉上题襟》十卷。"
⑧ 兴味属吾曹:"吾曹"意为我辈,我们。元·范梈《细雨》:"趋朝未觉懒,兴味属吾曹。"

浅解:

宋代张天骥隐居徐州云龙山,建造放鹤亭,每日清晨傍晚放鹤为乐,生活安闲自在,传为千古美谈。苏轼曾作《放鹤亭记》记录其人其事,饶公到此亦作诗记前贤雅事。首联描绘放鹤亭周遭风光并记述放鹤之典,第三句化用姜夔《点绛唇》"数峰清苦，商略黄昏雨"，信手拈来点染诗境，自然天成而无刀斧之痕，体现饶公深厚的文化功底。末句抒发情致，此处"吾曹"应是将古人张天骥与饶公自己都包含在内。饶公与古人虽不同时，但心思相连，境界相通，这种安闲静谧的情致既属古人，也属饶公。

简译：瘦枝万唤花苞才出，离群之鹤思念水泽。黄昏酝酿湖外烟雨，唱和抒怀属于我辈。

青藤书屋①

被酒②随车过小溪,榴花③老屋足幽栖④。
葡萄堪作明珠卖⑤,穷巷⑥几人驻马蹄⑦。

注释:

① 青藤书屋:位于浙江绍兴,明代文学家、书画家、军事家徐渭(1521—1593)的故居。《山阴县新志》:"青藤书屋,前明徐渭故宅。"
② 被酒:喝醉酒。《史记·高祖本纪》:"高祖被酒,夜径泽中。"
③ 榴花:石榴花。唐·韩愈《题榴花》诗:"五月榴花照眼明,枝间时见子初成。"
④ 幽栖:隐居。清·傅维鳞《茆屋》诗:"数椽茅屋足幽栖,睥睨平临望不迷。"
⑤ 葡萄堪作明珠卖:徐渭作《题墨葡萄诗》以抒发怀才不遇之情,"半生落魄已成翁,独立书斋啸晚风。笔底明珠无处卖,闲抛闲掷野藤中。"
⑥ 穷巷:偏僻冷落的小巷,多为落魄之人所居。晋·陶潜《戊申岁六月中遇火》诗:"草庐寄穷巷,甘以辞华轩。"
⑦ 驻马蹄:古人出行骑马,"驻"为停止之意,停下马蹄意即到达某地。宋·韩维《春霁忆洛阳》诗:"少年结客洛阳时,闲傍东风驻马蹄。"

浅解:

徐渭是明代著名文学家、书画家,平生不得志,隐居在绍兴简陋破败的青藤书屋,过着穷苦的生活。虽然穷苦,但他自得其乐。此诗前两句,饶公描述青藤书屋幽静的环境和在此生活之惬意悠闲,"足幽栖"也表达出自己的隐逸思想,与徐渭心思相通。第三句用徐渭画《墨葡萄图》并作《题墨葡萄诗》的典故,对其不得志的遭遇表示同情,怀才不遇是千古文人共通的情绪。

简译:酒醉乘车行过小溪,榴花老屋足以隐居。葡萄可当作明珠卖,破败小巷几人来到。

禹陵① 用坡老游涂山②韵

此穴非涂山③,飞甍④起天半⑤。
其鱼⑥事已往,乘檿⑦休重叹。
过家三不入,万古归一粲⑧。
俗传生石纽⑨,嵩阙⑩还郊裸⑪。
圣者能任劳,吐哺有周旦⑫。
来朝只乌鹊,相随凫鸭⑬乱。
地灵不爱宝⑭,丘珑⑮出圭瓒⑯。
兹山类覆醽⑰,万卉方烂漫。
忆当会计初,侯伯奔骇汗⑱。
致功须忘身⑲,一诚即彼岸⑳。

注释:

①禹陵:位于浙江绍兴城东南会稽山麓,是大禹葬地;由禹陵、禹庙、禹祠三部分组成。明·胡应麟《再送汪山人兼寄余督学君房六绝句》诗其六:"望气频过大禹陵,甬东城郭近西兴。"

②游涂山:用宋·苏轼《上巳日与二子迨、过游涂山荆山记所见》诗韵。

③涂山:亦名当涂山,俗称东山,传说大禹治水把此山一劈为二,让淮河水改道,变成由南往北流。涂山也是大禹娶妻及第一次大会诸侯的地方。一般认为此山位于安徽省蚌埠市西郊淮河东岸。《左传·哀公七年》:"禹合诸侯于涂山,执玉帛者万国。"

④飞甍:飞翘的屋檐。南朝宋·鲍照《咏史》诗:"京城十二衢,飞甍各鳞次。"

⑤起天半:从半空中翘起。明·胡应麟《王恒叔山居杂咏十首·松浮》诗:"白日广陵涛,飘萧起天半。"

⑥其鱼:指大禹治水事。《左传·昭公元年》:"天王使刘定公劳赵孟于颍,馆于洛汭。刘子曰:'美哉禹功!明德远矣。微禹,吾其鱼乎!'"

⑦乘檿:"檿"是古时登山乘坐的一种用具,类似轿子;"乘檿"代指登山。

《尚书·益稷》："予乘四载，随山刊木。"孔传："所载者四，水乘舟，陆乘车，泥乘輴，山乘樏。"唐·刘禹锡《九华山歌》："乘樏不来广乐绝，独与猿鸟愁青荧。"

⑧一粲：一笑。南宋·陆游《霜风》诗："丈夫经此宁非福，破涕灯前一粲然。"

⑨石纽：古地名，在今四川省汶川县内，传说为禹出生地。汉·扬雄《蜀王本纪》："禹本汶山郡广柔县人也，生于石纽。"《三国志·蜀志·秦宓传》："禹生石纽，今之汶山郡是也。"

⑩嵩阙："嵩"是高；"阙"本意为门，此指伊阙。《水经注·伊水》："昔大禹疏以通水，两山相对，望之如阙，伊水历其间，北流，故谓之伊阙矣。"

⑪郊祼：郊祭和祼祭，指祭祀。清·唐孙华《赠赵松一》诗："冯道善变通，武媚宜郊祼。"

⑫吐哺有周旦：指在位者礼贤下士之典实。"吐哺"是吐出嘴里的食物；"周旦"指周公，名旦。《史记·鲁周公世家》："周公戒伯禽曰：'……然我一沐三握发，一饭三吐哺，起以待士，犹恐失天下之贤人。'"魏·曹操《短歌行》诗："周公吐哺，天下归心。"

⑬凫鸭：水鸭。唐·杜甫《通泉驿南去通泉县十五里山水作》诗："冬温蚊蚋集，人远凫鸭乱。"

⑭地灵不爱宝：大地不吝惜自己的珍宝。《礼记·礼运》："故天不爱其道，地不爱其宝，人不爱其情。"

⑮丘珑：山坡，土坡。金·元好问《八声甘州》词："便牛羊丘珑，白草动荒烟。"

⑯圭瓒：古代一种玉制酒器，形状如勺子，以圭为柄，用于祭祀。《尚书·文侯之命》："平王锡晋文侯秬鬯、圭瓒。"孔传："以圭为杓柄，谓之圭瓒。"

⑰覆酺："酺"意为国家有喜庆时，君主赐臣民共同饮酒；"覆酺"是覆盖着宴乐的气氛。《汉书·文帝纪》："赐民爵一级，女子百户牛酒，酺五日。"

⑱忆当会计初，侯伯奔骇汗：本句记述大禹会盟诸侯之事。"会计"即"会稽"，传说当涂山即为会稽山，"会计初"是当初会盟诸侯的意思。"侯伯"指诸侯，各部首领，汉·班固《答宾戏》："曩者王涂芜秽，周失其驭，侯伯方轨，战国横鹜。""骇汗"本意为因惊骇而出汗。欧阳修《相州昼锦堂记》："奔走骇汗，羞愧俯伏"，此处指大禹杀防风氏令诸侯惊惧。《国语·鲁语下》："昔禹致群神于会稽之山，防风氏后至，禹杀而戮之。"

⑲致功须忘身:"致功"指把精力和工夫专用于某一方面,《庄子·刻意》:"此朝廷之士,尊主强国之人,致功并兼者之所好也。""忘身"指不顾自身,置生死于度外。汉·贾谊《治安策》:"故化成俗定,则为人臣者,主耳忘身,国耳忘家。"
⑳一诚即彼岸:见明·谢庭桂《隆庆志·卷十艺文·敕赐灵照寺碑》:"一念惟诚,为慈航而同登彼岸。"

浅解:

　　饶公要描写大禹陵,开篇却写"此穴非涂山",涂山与此诗关系何在?涂山是传说中大禹治水劈山、娶妻、会合诸侯之地,只一句便将和大禹相关的重要文化意象都囊括入诗,饶公用意之深,笔法之妙,不可不知。诗中,饶公叙述大禹带有传奇色彩的出生经历,着重描绘了大禹治水,开山通路,三过家门而不入,并会合诸侯,治理天下的历史功勋。提出"致功须忘身",要想做成有益百姓的大业,就要不计个人得失,表达出对大禹以及历史上像大禹一样为百姓做出巨大贡献的先人们真诚的景仰与赞颂。同时我们也应看到,饶公一生孜孜不倦,为民族文化事业作出不可磨灭的贡献,"致功须忘身"也表达出饶公的个人理想,更是饶公自身的最好写照。

　　简译: 此处山洞非当涂山,屋檐突翘半空之中。大禹治水已成往事,登山不要再度感叹。三过家门没有进入,博得万古为之一笑。民间传说生于石纽,疏通洪水祭祀天地。圣人能够任劳任怨,周公一饭三次吐哺。来此朝拜只有乌鹊,跟随野鸭散乱脚步。大地不吝自己珍宝,山坡之中显现圭瓒。山中洋溢宴乐气氛,各种花草烂漫生长。追忆会稽会合之初,诸侯奔来挥洒汗水。有所作为须不顾身,秉持诚恳达到彼岸。

会　稽　山①

忆望刳儿坪②，初识山川首。
今骑天柱背，规模空九有③。
亘古④扬州镇⑤，戮力唐虞后⑥。
刊旅⑦致沟洫⑧，导山始壶口⑨。
发石得真文，伊谁辨蝌蚪⑩。
落落⑪宛委山⑫，壁立干云⑬岫⑭。
阳明洞天⑮广，龙瑞⑯出培塿⑰。
朝暮南北风，若耶溪上吼。
郑公今何在，随处见樵叟⑱。
凄迷具区⑲远，莽荡杂林薮⑳。
坐临鸥鸟没，落日千帆走。
鉴湖㉑近可掬，饮人如中酒㉒。
缅怀风流客，贺老㉓骨已朽。
去去㉔将安归，城闉㉕空搔首㉖。

宋李宗谔著《龙瑞观禹穴阳明洞天图经》现存《道藏》鞠字号，颇详会稽山事迹。

注释：

①会稽山：位于浙江省绍兴北部平原南部，自然景观壮丽，人文景观众多，历史文化积淀深厚，历代帝王多来此祭祀，为古代九大名山之一。同时，会稽山也是中国山水诗重要发源地之一，历代文人多来此游历，留下众多诗文佳作。
②刳儿坪：石纽山刳儿坪，位于四川省汶川县，传说为大禹出生之处。西汉·扬雄《蜀王本纪》："禹本汶山郡广柔县人，生于石纽，其地名刳儿坪。"
③九有：见《诗经·商颂·玄鸟》"方命厥后，奄有九有"。《毛传》："九有，

九州也。"

④亘古：远古，从古至今。南朝宋·鲍照《河清颂》："亘古通今，明鲜晦多。"

⑤扬州镇：古时称某一地方的主山为"镇山"，会稽山是古时扬州的镇山。宋·李宗谔《龙瑞观禹穴阳明洞天图经》："扬州之镇山曰'会稽'。"

⑥戮力唐虞后："戮力"指同心合力为事业而奋斗；"唐虞"指唐尧、虞舜，本句叙述禹在尧舜之后接管天下，治水开山，奋力治天下之事。《史记·项羽本纪》："臣与将军戮力而攻秦。"

⑦刊旅：见《尚书·禹贡》"九山刊旅，九川涤源，九泽既陂，四海会同。"孔传："九州名山与槎木通道而旅祭矣。"孔颖达疏："言九州之内所有山川泽无大无小，皆刊槎决除已讫，其皆旅祭。"

⑧沟洫：田间水道。《周礼·考工记·匠人》："匠人为沟洫……九夫为井，井间广四尺，深四尺，谓之沟。方十里为成，成间广八尺，深八尺，谓之洫。"郑玄注："主通利田间之水道。"

⑨壶口：位于山西临汾，在黄河中游陕晋交界之处，据说大禹治水由此开始。《尚书·禹贡》："既载壶口，治梁及岐。"

⑩发石得真文，伊谁辨蝌蚪："蝌蚪"指一种古老难认的先秦文字，蝌蚪文。此句述大禹治水中发掘岩石，得到天书，了解治水之法的典故。宋·李宗谔《龙瑞观禹穴阳明洞天图经》："禹斋，登山发石，果得其文，乃知四渎之限，百川之理，遂周天下而尽力于沟洫矣。"

⑪落落：高峻、卓越。北周·庾信《谢赵王示新诗启》："落落词高，飘飘意远。"

⑫宛委山：是会稽山的一座峰，传说为大禹所开辟，大禹即在此处发现石中文字。宋·李宗谔《龙瑞观禹穴阳明洞天图经》："《舆地志》云：'宛委山上有石匮，壁立干云。升者累梯而至。'"

⑬干云：高耸入云。三国魏·何晏《景福殿赋》："飞阁干云，浮堦乘虚。"

⑭岫：山洞。晋·陶渊明《归去来兮辞》："云无心以出岫，鸟倦飞而知还。"

⑮阳明洞天：传说大禹治水藏书的山洞名为"阳明洞"。宋·李宗谔《龙瑞观禹穴阳明洞天图经》："放金龙于阳明洞，即大禹治水藏书之穴也。"山洞周边称为"阳明洞天"。宋·李宗谔《龙瑞观禹穴阳明洞天图经》："按《龟山白玉经》曰：会稽山周回三百五十里，名阳明洞天。"

⑯龙瑞：见宋·李宗谔《龙瑞观禹穴阳明洞天图经》："会稽龙瑞观，在县东南一十五里，即大禹探灵宝五符治水之所。"

⑰培塿：亦写作"部娄"，小土丘。《左传·襄公二十四年》："部娄无松柏。"

⑱朝暮南北风，若耶溪上吼。郑公今何在，随处见樵叟：宋·李宗谔《龙瑞观禹穴阳明洞天图经》："郑洪山在县东三十里。后汉郑洪，字巨君，会稽山阴人也。南朝宋·孔灵符《会稽记》云：射的山南有白鹤山，此鹤为仙人取箭。汉太尉郑洪尝采薪，得一遗箭。顷有人觅见，洪还之，问何所欲。洪识其神人也，曰：'常患若耶溪，载薪为难，愿朝南风，暮北风。'后果然。故若耶溪风至今犹尔，呼为郑公风，亦名樵风。'"

⑲具区：太湖的古称，位于江浙两省交界处，距离会稽山不远。《周礼·夏官·职方氏》："东南曰扬州，其山镇曰'会稽'，其泽薮曰'具区'。"

⑳林薮：山林与水泽。《管子·立政》："修火宪，敬山泽、林薮、积草，夫财之所出。"

㉑鉴湖：位于浙江省绍兴城西南，古时湖面十分宽阔，有"鉴湖八百里"之说。

㉒中酒：醉酒。晋·张华《博物志》卷九："人中酒不解，治之以汤，自渍即愈。"

㉓贺老：指唐代诗人贺知章。贺知章是杭州萧山人，故居在鉴湖旁。唐·李白《重忆》："稽山无贺老，却棹酒船回。"

㉔去去：远去，离去。汉·苏武《古诗》之三："参辰皆已没，去去从此辞。"

㉕城闉：泛指城郭。南朝宋·谢庄《宋孝武宣贵妃诔》："崇徽章而出寰甸，照殊策而去城闉。"

㉖搔首：以手挠头，焦急或若有所思的样子。唐·高适《九月九日酬颜少府》诗："纵使登高只断肠，不如独坐空搔首。"

浅解：

大禹曾在会稽山治水并会和诸侯，成就大业，因此大禹的文化精神与会稽山紧紧相连。饶公开篇便将会稽山与大禹联系在一起，描写会稽山的历史和传说而非仅描绘风景，突出其文化凝结与历史蕴含，比之单纯描写风景更加深刻和厚重。饶公描绘了大禹治水、治天下的艰辛努力，表达出崇敬之心；又写到郑洪遇仙，为樵夫们带来恩泽之事；继而写李白缅怀贺知章之事。这些内容并非单纯记录历史，而是与饶公的心境融合在一起，"郑公今安在"、"贺老骨已朽"的句子无疑都表达出饶公对历史沧桑变化，人世渺小短暂的幽深感慨。结尾一句为读者留下一幅开阔而富于想象的图景，仿佛将读者也带入冥思之境，使全诗意味悠长无尽。

简译：追忆回望垮儿坪地，初次认识山川之首。如今骑在天柱山背，地势宏阔九州空旷。万古不变扬州镇山，尧舜之后奋力治水。开山通路疏通水道，治理水患壶口开始。凿开岩石得到天书，谁能分辨蝌蚪古文。高耸入云之宛委山，山壁傲立直上云霄。阳明洞天广袤开阔，龙瑞观屹立山丘上。早吹南风晚来北风，伴随溪流发出震吼。郑公如今身在何处？处处可见砍柴之人。凄清迷蒙太湖渺远，山林水泽气势苍莽。坐看云中鸥鸟起落，落日之下千船竞逐。临近鉴湖双手捧水，清饮湖水如同醉酒。深切怀念风流先人，贺老已然死去多年。离开此处将回何方？面对城郭挠头沉思。

禹　　庙①

蕙锦销烬帐随烟②，羽庙③休令费纸钱④。
惟后⑤刊山⑥通九牧⑦，万邦⑧膜拜尚依然⑨。

唐狄仁杰禁淫祀，除项羽庙，惟会稽禹庙存焉。事见《朝野佥载》。

注释：

① 禹庙：祭祀大禹的祠庙，位于绍兴东南，禹陵右侧。北魏·郦道元《水经注·卷四十》《吴越春秋》称："覆釜山之中有金简玉字之书，黄帝之遗谶也，山下有禹庙，庙有圣姑像。"
② 蕙锦销烬帐随烟：狄仁杰焚烧项羽庙之事。明·蒋一葵《八朝偶隽·卷二》："今遣焚烧燎祠宇，使蕙帷销烬，羽帐随烟。"
③ 羽庙：祭祀项羽的祠庙。《嘉定赤城志》："项羽庙，在县东三十五里。"
④ 费纸钱：焚烧纸钱祭奠死者。《宋史·方技列传·林灵素传》："每设大斋，辄费纸钱数万。"
⑤ 惟后：上古时称君主为"后"，此处指禹。《尚书·大禹谟》："后克艰厥后，臣克艰厥臣。"
⑥ 刊山：砍伐树木，疏通山林。宋·夏僎《尚书详解·卷六夏书》："禹之治水，刊山濬川。"
⑦ 通九牧：连通九州。"九牧"指古代九州长官，也指九州。《史记·孝武本纪》："禹收九牧之金，铸九鼎。"
⑧ 万邦：指所有诸侯国，引申为天下、全国。《尚书·尧典》："协和万邦。黎民于变时雍。"
⑨ 尚依然：仍然如此。唐·杜甫《遣兴五首》诗其三："府中罗旧尹，沙道尚依然。"

浅解：

　　此诗为饶公在禹庙怀念大禹所作。唐代狄仁杰提出破除不必要的祭祀，于是项羽庙被焚烧，从此人们不再祭祀项羽。与此相比，大禹庙则一直保存下来，受到人们世代礼敬。本诗第一联即用对比的方式描写了这一史事，表现大禹受人尊崇。在第三句中，饶公给出大禹受尊崇的缘故，由于他"刊山通九牧"，才获得"万邦膜拜"的美誉。饶公指出，只有真诚为天下民众奋斗的人，才会受到民众的真诚景仰与世代怀念。

简译：焚烧锦帐随烟而灭，羽庙莫再耗费纸钱。大禹治水连通九州，天下膜拜直至今日。

兰亭①三首柬②青山翁

俱老人书③兴未阑④,流觞曲水⑤尚潺潺⑥。
旧传鹤观剡川地⑦,笔冢⑧高于天柱山。

杜光庭《道教灵验记》,右军在剡川有金庭观、白鹤观二庄,有秃笔冢、墨池并在。

注释:

①兰亭:位于浙江绍兴市西南兰渚山下,东晋书法家王羲之曾居住此处,与友人举行兰亭雅集,并写下著名的《兰亭集序》。《世说新语·企羡第十六》:"王右军得人以《兰亭集序》方《金谷诗序》,又以己敌石崇,甚有欣色。"

②柬:挑选自己的诗作给友人阅读称为"柬"。明代康海有诗名为《再次客夜一首柬明叔》,明代李东阳有诗名为《痛语一首柬南屏》。

③俱老人书:指人年纪大,书法也老道,炉火纯青。唐·孙过庭《书谱》:"初谓未及,中则过之,后乃通会,通会之际,人书俱老。"

④兴未阑:兴致尚未穷尽。唐·刘禹锡《酬思黯见示小饮四韵》诗:"追呼故旧连宵饮,直到天明兴未阑。"

⑤流觞曲水:我国一种古老的游戏。农历三月的第一个巳日,人们举行修禊仪式之后,坐在河边,在上流放置酒杯,酒杯顺流而下,停在谁的面前,谁就取杯饮酒。永和九年三月初三王羲之和友人们曾在兰亭以这种方式雅集。晋·王羲之《兰亭集序》:"引以为流觞曲水,列坐其次,虽无丝竹管弦之盛,一觞一咏,亦足以畅叙幽情。"

⑥潺潺:水缓缓流动的样子。唐·杜甫《雨》诗:"潺潺石间溜,汩汩松上驶。"

⑦鹤观剡川地:"剡川"即浙江剡溪,据史籍记载此地有王羲之白鹤观。唐·杜光庭《道教灵验记·卷三·剡县白鹤观蝗虫不侵验》:"晋右军将军王羲之剡川有二庄,其东为金庭观,西为白鹤观,相去七十余里。"

⑧笔冢:古人把练字写坏的毛笔聚在一起埋起来,称为"笔冢",据说剡川

有王羲之的笔冢。唐·杜光庭《道教灵验记·卷三·剡县白鹤观蝗虫不侵验》："有秃笔冢、墨池、剑匣并在，白鹤即太宗飞帛书额，为州县所宝。"

浅解：

  王羲之在兰亭"流觞曲水"，写出天下第一行书《兰亭集序》，达到"人书俱老"，炉火纯青的书法境界。此诗首联，饶公即称赞王羲之的书法造诣。后两句中，饶公揭示出王羲之所以能"人书俱老"的原因在于"笔冢高于天柱山"，强调若没有勤学苦练，王羲之也无法有如此成就的道理。

  简译：人书俱老兴致未尽，流觞曲水依旧流淌。旧传鹤观剡川之地，堆集笔冢高于天柱。

  过江颠狈未休兵，十纸沦胥想伯英^①。
  老姥何须多愠色，如今五字抵长城^②。

  《晋书·羲之传》：庾翼与彼书云"伯英章草十纸过江颠狈亡失"。又记为蕺山老姥书扇各为五字，姥初有愠色。

注释：

① 过江颠狈未休兵，十纸沦胥想伯英："颠狈"即颠沛；"未休兵"指战争还没有结束。唐·杜甫《月夜忆舍弟》诗："寄书长不达，况乃未休兵。""沦胥"意为沦丧、失去，《晋书·卷八十七·列传第五十七》："淳风杪莽以永丧，缙绅沦胥而覆溺"；"伯英"指汉代书法家张芝，字伯英，最擅长章草，在当时有"草圣"之称。全句记述王羲之在战乱中过江时失去其收藏的十幅张芝章草之史事。《晋书·卷八十·列传第五十》："吾昔有伯英章草十纸，过江颠狈，遂乃亡失，常叹妙迹永绝。"

② 老姥何须多愠色，如今五字抵长城："老姥"指老妇人，《玉台新咏·古诗为焦仲卿妻作》诗："老姥岂敢言"；"愠色"意为生气、怨愤的神色。《汉书·司马迁传第三十二》："是以就极刑而无愠色"。全句记述王羲之为蕺山老妇书扇之典故。《晋书·王羲之传》："又尝在蕺山见一老姥，持六角竹扇卖之。羲之书其扇，各为五字。姥初有愠色，因谓姥曰：'但言是王右军书，以求百钱邪。'姥如其言，人竞买之。他日，姥又持扇来，羲之

笑而不答。"

浅解：

　　本诗连用两典，均与"书圣"王羲之相关。第一联写王羲之在战乱中渡江，丢失十张珍贵的张芝草书；第二联写王羲之为老妇人写字之事。两个典故分别表明王羲之对书法的酷爱及对书法造诣的追求。饶公在书法上有很高建树，因此可与王羲之心意相通，能够切身体会王羲之的心境，也表达出对王羲之高妙书法的尊重与敬仰。

　　简译：颠沛流离战事未停，惋惜丢失张芝草书。老妇何必心生怨气？如今五字价值连城。

> 依旧崇丘集茂林①，江干②还欲盍朋簪③。
> 登楼四面谁堪语④，惟有青山⑤共此心⑥。

羲之友契许迈，以桓山近人，四面藩之，登楼与语，以此为乐。

注释：

① 崇丘集茂林：高山上有茂密的树林。明·陈仁锡《陈太史无梦园初集·江集二·说风俗》："城东孝矦祠，有崇丘茂林，深池广陂。"
② 江干：江边。宋·周密《武林旧事·卷三·观潮》："江干上下十余里间，珠翠罗绮溢目，车马塞途。"
③ 盍朋簪：亦作"朋盍簪"，指读书人之间的朋友相聚。《易·豫》："勿疑，朋盍簪。"王弼注："盍，合也；簪，疾也。"陆德明《经典释文》："簪，虞作戠。戠，丛合也。"孔颖达疏："群朋合聚而疾来也。"
④ 登楼四面谁堪语：王羲之与许迈交游之事。《晋书·卷八十·列传第五十》："初采药于桐庐县之桓山……时欲断谷。以此山近人，不得专一，四面藩之，好道之徒欲相见者，登楼与语，以此为乐……羲之造之，未尝不弥日忘归，相与为世外之交。"
⑤ 惟有青山：见唐·许浑《金陵怀古》诗"英雄一去豪华尽，惟有青山似洛中"。
⑥ 共此心：心意相通。唐·李商隐《宿晋昌亭闻惊禽》诗："失群挂木知何

限,远隔天涯共此心。"

浅解:

  王羲之曾与许迈登上山楼,彼此谈论隐逸志向,为"世外之交"。饶公来到此地,回想历史上的王许之交,十分神往。高丘茂林还与当时一样,饶公也想在此"盍朋簪",但历史光阴变迁,物是人非,当时贤人早已不在,也只好登上高楼,与青山共语共心。诗中体现一种关乎宇宙人生,时光流逝的历史感慨,亦对贤人远去流露出落寞孤独之感;而"青山共此心"也表现出饶公超脱世俗的高洁品性。

  简译:高坡依然林木茂盛,想在江边与友相聚。登上高楼谁可交谈,惟有青山心意相通。

过　新　昌①

福地②何年委草莱③，三辰顶对即天台④。
崔嵬陵谷⑤须奇节⑥，自悔云端入觐来⑦。

《会稽志》载：司马悔桥在新昌县东南四十里。旧传司马承祯隐天台山，被召而悔，因以为名。

（详道藏本《天台山志》）

注释：

①新昌：新昌县，位于浙江绍兴市南部，著名景观有大佛寺、穿岩十九峰、天姥山等。
②福地：道教认为一些山中有神仙居住，把这些名山胜地称为"洞天福地"。道教有"七十二福地"之说，其中第十六福地天姥山在新昌附近，故饶公称新昌为"福地"。明·彭大翼《山堂肆考·卷十七地理·天姥》："天姥山在绍兴府新昌县，名十六福地。"
③草莱：草莽，杂草，也指荒芜之地。《管子·七臣七主》："主好本，则民好垦草莱。"宋·洪适《斗日红》诗："不藉西风力，孤根委草莱。"
④三辰顶对即天台："三辰"指日、月、星，顶上对着三辰形容天台山极高。明·张联元辑《天台山全志·卷一》："顶对三辰，当女牛分野，上应台宿。"
⑤崔嵬陵谷："崔嵬"指高耸、高险。唐·李白《蜀道难》"剑阁峥嵘而崔嵬"，此比喻高洁有志向的人。"陵谷"是低地。"崔嵬陵谷"比喻志高之人身在草莽。
⑥奇节：奇特、过人的品性节操。《汉书·萧何曹参传第九》："当时录录未有奇节。"
⑦自悔云端入觐来："入觐"指官员朝见天子。《诗·大雅·韩奕》："韩侯入觐，以其介圭，入觐于王。"本句述唐代道士司马承祯事。宋·陈耆卿《赤城志·卷四十》会稽志载："司马悔桥在新昌县东南四十里，旧传唐司马承承隐天台山，被召，至此而悔，因以为名。"

浅解：

  饶公行经新昌县，新昌在道教福地天姥山附近，首句写"福地委草莱"，是说曾经的福地如今已经荒芜，揭示道家隐逸精神和历史上隐者们高尚气节的丧失，流露出饶公对此惋惜遗憾之情。后一联叙述司马承祯史事，表达对不问俗事的隐逸生活的肯定和认同。归隐是中国文人的传统情怀，饶公此诗亦有以司马承祯自况的意味，表达自己愿归隐山林的高洁性情。

  简译：洞天福地何时荒芜，日月星正对天台顶。人在草莽气节过人，自悔离云山而见君。

石城山大佛①

慧地遗碑②不可寻，扪霄③巨像出嵌崟④。
何来神力山堪锯⑤，自有精诚⑥杵作针⑦。
负地撑天⑧千嶂木，呼风噫气⑨六朝⑩音。
低徊⑪天监⑫宏规⑬在，那管行云变古今⑭。

《高僧传·梁剡石城山释僧护》："本会稽剡人……居石城山隐岳寺。寺北有青壁，直上数十余丈……于是擎炉发誓，愿博山镌造十丈石佛，以敬拟弥勒千尺之容。……以北齐建武中，招结道俗初就彫剪，……顷之，护遘疾而亡。……后有沙门僧淑，纂袭遗志，……未获成遂；……遂至梁天监六年……，敕遣僧佑律师专任像事……以天监十二年春就功，至十五年春竟。坐躯高五丈，立形十丈，龛前架三层台。"（卷十三）俗传僧淑用稻绳锯开石岩，遗址尚存。

又《高僧传·齐京师建初寺僧佑》："佑为性巧思，能目准心计，及匠人依标，尺寸无爽。故光宅、摄山大像，剡县石佛等，并请佑经始，准尽仪则。"（卷十一）

梁刘勰（僧名慧地）撰《剡县石城寺弥勒石像碑》，碑文见《艺文类聚》卷七十六。

注释：

①石城山大佛：亦称新昌大佛，在新昌县城西南石城山仙髻岩的一穴石窟之内，石窟之外有建筑宏伟的大雄宝殿。大佛宝像庄严，慈眉善目，造像比例协调，充分考虑人们的观赏视角，十分壮观，被称为"江南第一大佛"。关于大佛的建造参见《高僧传·梁剡石城山释僧护》。

②慧地遗碑：南朝梁文学家刘勰曾出家为僧，僧名慧地。刘勰为石城山大佛撰文立碑《剡县石城寺弥勒石像碑》，碑文收录于《艺文类聚》卷七十六。"遗碑"即指此。

③扪霄："扪"有攀上的意思，"扪霄"形容高耸入云。《陈书·本纪第一高祖上》："高舰层楼，仰扪霄汉，故使三军勇锐，百战无前。"

④嶔崟：山高峻的样子。汉·张衡《思玄赋》："嘉曾氏之归耕兮，慕历阪之嶔崟。"

⑤山堪锯：据说建造大佛时困难重重，曾有神仙现身用草绳锯开石岩以勉励僧人们，今犹可见其遗址，即石城大佛寺附近的"解开岩"。

⑥精诚：真心诚意，至诚。《庄子·渔夫》："真者，精诚之至也。不精不诚，不能动人。"

⑦杵作针：清·张英《渊鉴类函·文学部》："李白少读书未成，弃去，道逢老妪磨杵，白问其故，曰：'欲作针。'白感其言，遂卒业。"

⑧负地撑天：顶天立地，形容山峰、树木极高。

⑨噫气：吐出气息。《庄子·齐物论》："夫大块噫气，其名为风。"

⑩六朝：指三国吴、东晋、南朝宋、齐、梁、陈这六个朝代，都建都南京。因唐人许嵩在《建康实录》中记载这六个朝代，故有"六朝"之说。唐·韦庄《台城》诗："江雨霏霏江草齐，六朝如梦鸟空啼。"

⑪低佪：徘徊，留恋。《汉书·司马相如传》："低佪阴山翔以纡曲兮，吾乃今日睹西王母。"

⑫天监：梁武帝萧衍的年号，石城山大佛即建造于天监年间。《高僧传·僧护传》："遂至梁天监六年……敕遣僧祐律师专任像事……以天监十二年春就功，至十五年春竟。"

⑬宏规：指建筑的宏伟规模。汉·班固《西都赋》："图皇基于亿载，度宏规而大起。"

⑭行云变古今："行云"为流动的云。三国·魏·曹植《王仲宣诔》："哀风兴感，行云徘徊，游鱼失浪，归鸟忘栖。""变古今"形容云气的古今变幻。唐·杜甫《登楼》诗："锦江春色来天地，玉垒浮云变古今。"

浅解：

此诗为饶公游览石城山大佛所作，饱含对美景的挚爱，对先人的追忆，以及深层次的历史感慨。首联描景，石碑不可寻而"扪霄巨像"尚留山间，诗句峭拔，展现出大佛的雄伟壮观。颔联追忆历史，描写古时僧人建造大佛所付出的艰辛努力，对此表达出由衷敬意，赞扬精诚、执着、奋斗的精神。后两联引发思考，六朝遗音好像还在风中，天监宏规也在眼前，但时间已过千年，千年来云聚云散。古人已不在，旧事成历史。人在宇宙时空面前何其渺小，这些深沉的历史思考都通过饶公的诗句表达出来。

简译：刘勰之碑难以寻到，入云佛像从山凿出。何来神力锯断山石，自有精诚铁棒成针。顶天立地千山万木，吞吐风云六朝遗音。天监宏伟至今还在，哪管行云间古今变。

天台宾馆遣兴①

钟声不可闻②,旅人总早起③。
丛林疑布阵④,横亘可十里⑤。
此中结危构⑥,有路平如砥⑦。
不惜千里来,岂期⑧遇仙子。
刘阮⑨骨亦朽⑩,逝者同去水⑪。
虚室今生白⑫,共谁说止止。
未敢师康乐,贞观丘壑美⑬。
更不效兴公,作赋夸纨绮⑭。
新诗浑漫与⑮,脱手不移晷⑯。
平生独往愿,利名同一屣⑰。
群公且登临⑱,山中不论齿⑲。
何以遗细君⑳,寄诗烦黄耳㉑。

注释:

①遣兴:抒发情怀,常作为诗题。杜甫有《遣兴》诗。
②钟声不可闻:见明·王穉登《雨宿大慈寺》诗"破殿丹青尽,钟声不可闻"。
③旅人总早起:"旅人"是旅途中的人或漂泊于外的人。本句意境化自清·杜堮《静海早发》诗:"旅人呼早起,仆马伴孤征。"
④布阵:排列阵势,此处形容林中树木排列整齐。唐·刘禹锡《观棋歌送俨师西游》诗:"雁行布阵众未晓,虎穴得子人皆惊。"
⑤横亘可十里:"横亘"指(山冈树林)绵延横陈,"可"是大约的意思。清·郑珍《遵义府志》卷四:"山东为长岭冈,横亘可十里。"
⑥危构:指建筑物、山石、树木高耸。元·贡奎《邳州》诗:"古城结危构,交达衰招延。"
⑦砥:磨刀石。宋·吴芾《余以前年五月八日到官,今年又于此日去郡同僚作饯,即席援笔言别》:"青云有路平如砥,公等应须早着鞭。"

⑧期：期望，希望。

⑨刘阮：刘晨、阮肇在天台山遇仙的典故。南朝宋·刘义庆《幽明录》："汉明帝永平五年，剡县刘晨、阮肇共入天台山取谷皮，迷不得返。经十三日，粮食乏尽，饥馁殆死……得度山出一大溪，溪边有二女子……因要还家……既出，亲旧零落，邑屋全异，无复相识。问得七世孙，传闻上世入山，迷不得归。"

⑩骨亦朽：指死去很久，骨头都腐朽了。

⑪逝者同去水："逝者"指时光，"去水"指一去不返的流水。本句典出《论语·子罕》："子在川上曰：'逝者如斯夫，不舍昼夜。'"

⑫虚室今生白：即"虚室生白"。虚，使空虚；室，指心；白，指道。心无任何杂念，就会悟出"道"来，生出智慧。也常用以形容清澈明朗的境界。《庄子·人间世》："瞻彼阕者，虚室生白，吉祥止止。"陆德明《经典释文》："崔云：'白者，日光所照也。'"

⑬未敢师康乐，贞观丘壑美："康乐"指南朝宋诗人谢灵运，谢灵运袭封康乐公，故称"康乐"。"师"是向……学习的意思。南朝宋·谢灵运《述祖德二首》其二："遗情舍尘物，贞观丘壑美。"《文选》李善注："贞，正也；观，视也；言正见丘壑之美。"

⑭更不效兴公，作赋夸纨绮：东晋文学家孙绰字"兴公"。"作赋"指孙绰所作《游天台山赋》。"纨绮"本指精美的丝织品，此处代指文章写得精美，晋·潘岳《秋兴赋序》："珥蝉冕而袭纨绮之士，此焉游处。"孙绰曾夸耀自己的《游天台山赋》"掷地金声"，故称"夸纨绮"，《世说新语·文学》："孙兴公作《天台赋》成，以示范荣期，云：'卿试掷地，要作金石声。'"

⑮浑漫与：指作诗圆熟，不须刻意斟酌，随意自然。唐·杜甫《江上值水如海势聊短述》诗："老去诗篇浑漫与，春来花鸟莫深愁。"清·仇兆鳌《杜诗详注》："少年刻意求工，老则诗境渐熟，但随意付与，不须对花鸟而苦吟愁思矣。"

⑯脱手不移晷："移晷"是日影移动，指过了一段时间，"不移晷"指一瞬间。"脱手不移晷"形容弹丸圆润精美，脱手后一瞬间滑出很远，喻指诗歌如弹丸一样敏捷、流畅。宋·苏轼《次韵王定国谢韩子华过饮》诗："新诗如弹丸，脱手不移晷。"

⑰平生独往愿，利名同一屣："独往"指精神自由，不受牵绊。"屣"是鞋子。本句化唐·杜甫《立秋后题》诗："平生独往愿，惆怅年半百。"

⑱群公且登临："群公"是对文人的尊称，"登临"指登山望远。唐·高适

《同群公题中山寺》诗:"名僧既礼谒,高阁复登临。"

⑲论齿:论年。《明史·太祖纪二》:"乡党论齿,相见揖拜,毋违礼。""山中不论齿"诗境近似唐·太上隐者《答人》诗"山中无历日,寒尽不知年"。

⑳遗细君:"遗"是给予的意思,"细君"指妻子。《汉书·东方朔传第三十五》:"复赐酒一石,肉百斤,归遗细君。"颜师古注:"细君,朔妻之名。一说:细,小也。朔辄自比于诸侯,谓其妻曰小君。"

㉑黄耳:传说中会送信的狗名"黄耳"。《晋书·陆机传》:"初机有骏犬,名曰黄耳,甚爱之。既而羁寓京师,久无家问……机乃为书以竹筒盛之而系其颈,犬寻路南走,遂至其家,得报还洛。其后因以为常。""寄书烦黄耳"诗境近苏轼《过新息留示乡人任师中》诗:"附书未免烦黄耳。"

浅解:

饶公居天台山宾馆,清晨早起,欣赏美景并产生无限联想,作成此诗。诗歌前几联写天台山丛林密布,山势高耸,大路平坦的壮观景色;进而由观景想到刘晨、阮肇遇仙的传说,联想到谢灵运和孙绰也曾来此游览并留下千古名篇,而今古人俱已不在。饶公由此产生鄙弃功名富贵,愿归隐山林的超脱隐逸之情。同时也生发出对宇宙广大,人生短暂的慷慨深思,这是诗歌的永恒主题。"山中不论齿"一句表达出饶公忘情山水,烂漫天真的诗人情怀;末句请黄耳狗代捎信寄去自己的诗作给妻子,同享自然美景之乐,亲切感跃然纸上,堪称佳妙结句。

简译:钟声已经无法辨听,旅途之人总是早起。丛林繁密疑似布阵,绵延达到十里之远。这里山石林木高耸,路如磨刀石般平坦。不远千里来此一游,怎能期望遇到仙子。刘晨阮肇逝去多年,时光如水流去不返。明净内心悟出智慧,与谁谈论心中困顿。不敢以谢灵运为师,正看山丘沟壑美景。更加不会效仿孙绰,作赋自夸文章美艳。新诗赋作随兴而成,敏捷流畅似丸脱手。一生愿意独来独往,名利视如敝屣一般。诸君姑且登上高山,山中不管年纪岁月。要把什么交给妻子,黄耳为我送去诗篇。

国清寺隋梅①

不用画师貌喜神②,一株权植二千春③。
此花阅世④真如史,那许寻常⑤折赠人⑥。

注释:

①国清寺隋梅:国清寺位于天台山,寺中有一株隋代高僧章安灌顶大师手植梅树,称"隋梅"。
②喜神:令人精神欢喜、愉悦。
③二千春:两千年。清·金堡《代寿平南亲王》诗:"名世独当五百载,戬民同享二千春。"
④阅世:经历世事。清·严玉森《可园独游梅花盛开》诗:"此花阅世将二纪,冷极无言听晚鸦。"
⑤寻常:一般,引申为轻易。明·方孝孺《画梅》诗:"清香传得天心在,未许寻常草木知。"
⑥折赠人:折花送人。唐·高骈《广陵宴次戏简幕宾》诗:"将军醉罢无余事,乱把花枝折赠人。"

浅解:

　　饶公观隋梅,深感"喜人"而作。首联写古梅样貌、年岁,尾联表达饶公精妙思想。北魏陆凯身在江南,为北方友人范晔寄梅,且附诗"折梅逢驿使,寄与陇头人。江南无所有,聊赠一枝春",深厚友情,千古美谈。"折梅赠人"在诗文传统中历来为美好意象,而饶公故意一反传统地说"那许寻常折赠人",因古梅"阅世如史"。作为历史见证者,应当好好保护,反映饶公对历史及历史见证者的尊重态度。将梅看作历史见证者更是"天人合一"思想的体现,一切自然之物皆有生命、有见识。人和自然万物同等而一体,深厚的中国文化情怀蕴藉在饶公此诗的字里行间。

　　简译:不用画师其貌神爽,隋梅种植近两千年。此花阅事如同史书,怎能随意折枝赠人。

赤　城　山①

万转千岩掩赤城②，寻仙此处只初程③。
云霓明灭④非难到，凄绝⑤寒泉日夜声⑥。

注释：

①赤城山：位于浙江天台县西北，因山上有赤色石头排列如城墙而得名，为天台山南门。
②万转千岩掩赤城：山上岩石林立，道路曲折。意境化自唐·李白《梦游天姥吟留别》诗："天姥连天向天横，势拔五岳掩赤城……千岩万转路不定，迷花倚石忽已暝。"
③初程：旅程刚开始。南宋·姜夔《扬州慢》词："淮左名都，竹西佳处，解鞍少驻初程。"
④云霓明灭：天中云朵和虹霞忽明忽暗的样子。唐·李白《梦游天姥吟留别》诗："越人语天姥，云霞明灭或可睹。"
⑤凄绝：极度凄凉悲伤。金·元好问《同姚公茂徐沟道中联句》诗："联诗强一吹，凄绝恐销魂。"
⑥日夜声：指水声日夜不断。明·甘瑾《题余忠宣请授兵书卷后》诗："西风一剑英雄泪，已逐寒江日夜声。"

浅解：

此诗继承李白《梦游天姥吟留别》的意境，并添新意，使诗境焕然一新。"云霞明灭或可睹"是说云霓明灭的地方隐约可见，而饶公言"云霓明灭非难到"，不仅隐约可见，而且可以到达。真像是在回应李白，跨越千年的诗人对话，读来别有奇趣。赤城山崎岖陡峭，"非难到"三字表达出饶公不畏险境、敢于克艰的斗志，颇能鼓舞读者。第二句言赤城山是寻仙的初始路途，为诗歌增添神秘气氛，使整首诗充满梦幻迷离的美感。

简译：千岩万转遮住赤城，寻仙到此只是开端。云霞明暗不难到达，悲凉寒泉昼夜不停。

方　广　寺①

接竹传波石作梯②，山阴欲往③苦难跻④。
当年界道⑤今仍昔⑥，不见天鸡⑦向我啼。

《高僧传·竺道猷传》："于赤城山搏石作梯，接竹传水，禅宗造者十有余人。王羲之闻而欲往。猷于太元末，卒于山室。"

注释：

①方广寺：天台山方广寺，位于石梁镇石桥山，相传为五百罗汉应真栖止处。在山谷中分上、中、下三寺。据《天台山全志》所载，东晋昙猷和尚曾在下方广寺结茅为庵，故又称古方广寺。
②接竹传波石作梯：连接起竹筒引水，用石头搭建楼梯。《高僧传·晋始丰赤城山竺昙猷》："（于赤城山）搏石作梯，升岩宴坐，接竹传水，以供常用。禅学造者十有余人。"
③山阴欲往：王羲之曾居住会稽山阴（今浙江绍兴），故"山阴"指王羲之。《高僧传·晋始丰赤城山竺昙猷》："王羲之闻而故往。"
④跻：攀登，上升。
⑤界道：划一道疆界。《文选·游天台山赋》："赤城霞起而见标，瀑布飞流以界道。"李善注："界道，谓为道疆界也。"
⑥今仍昔：与当初一样。清·宝鋆《即事口占》诗："少年意兴今仍昔，药椀踌躇笑未干。"
⑦天鸡：南朝梁·任昉《述异记·卷下》："东南有桃都山，上有大树……上有天鸡，日初出，照此木，天鸡则鸣，天下鸡皆随之鸣。"

浅解：

　　本诗为饶公游览方广寺所作。前两句描写方广寺所在地形高峻险要，记述古时僧人们在此地开辟寺庙时"接竹传波石作梯"的艰苦努力，在追思历史的同时表达对僧人们为传佛法艰苦无畏精神的敬仰；后两句描写当时的山道如今还在，但天鸡的啼叫已然不闻，抒发物是人非的历史沧桑感。前后两联，历史与现实交界，摹景与追思融合，展现出饶公深厚的诗文底蕴。

简译：接竹引水搭石作梯，王羲之欲往却难登。当时界道今日还在，不见天鸡对我啼叫。

石梁飞瀑①为天台胜处

启奇示兆②费幽寻③，犹有飞流④出远林。
海客谈瀛⑤空呓语⑥，霞标⑦终古⑧见天心⑨。

  孙綽《游天台山赋》"理无隐而不彰，启二奇以示兆。赤城霞起而建标，瀑布飞流以界道"。孔灵符《会稽记》"飞流洒散，冬夏不竭"。李白《梦游天姥吟留别》"天台四万八千丈"，语涉夸诞。

注释：

① 石梁飞瀑：天台山著名景观，距离下方广寺不远，石梁横天，飞瀑喷涌，被誉为"天下第一奇观"。唐·白居易《缭绫》诗："应似天台山上月明前，四十五尺瀑布泉"即描摹此处景观。
② 启奇示兆：晋·孙綽《游天台山赋》："理无隐而不彰，启二奇以示兆。赤城霞起而建标，瀑布飞流以界道。""二奇"指赤城山、瀑布；"兆"即"形"。
③ 费幽寻：山中幽远，不易寻路。宋·陈与义《游道林岳麓》诗："道人轻殊胜，来客费幽寻。"
④ 飞流：指瀑布。晋·孙綽《游天台山赋》："瀑布飞流以界道。"
⑤ 海客谈瀛：唐·李白《梦游天姥吟留别》诗："海客谈瀛洲，烟涛微茫信难求。"
⑥ 呓语：说梦话，指李白"天台四万八千丈"之说语涉夸诞。《拾遗记·卷八·吴》："众座皆云：'吕蒙呓语通《周易》。'"
⑦ 霞标：云霞成为天台山的标记。晋·孙綽《游天台山赋》："赤城霞起而建标。"
⑧ 终古：久远，永远。《楚辞·离骚》："怀朕情而不发兮，余焉能忍而与此终古？"朱熹集注："终古者，古之所终，谓来日之无穷也。"
⑨ 天心：天中。唐·李白《临江王节士歌》："白日当天心，照之可以事明主。"

浅解：

　　晋·孙绰《天台山赋》"理无隐而不彰，启二奇以示兆。赤城霞起而建标，瀑布飞流以界道"；唐·李白《梦游天姥吟留别》"海客谈瀛洲，烟涛微茫信难求"。天台胜景为历代文人钟情，其中孙绰、李白的诗文名扬四海。饶公本诗描写天台胜景，化用前人诗文以成新诗。首先表明其谦逊谨慎及敬重古人，前人既有名篇，而自觉难以超越，故采取继承的创作方式。其次表明饶公对诗歌文化传统的认同与传承精神，饶公在借鉴之余，融入自己的见解与境界，使得天台山这一文化意象更为丰富，可谓推陈出新，别有意境。

　　简译：山中奇景幽深难寻，远林瀑布飞流而出。客论瀛洲只是说梦，云霞万古挂在天中。

智者大师禅院①

直上天台百八重②，万松如海③走蟠龙④。
何人得似⑤吾师智，遗蜕⑥层城⑦缥缈峰⑧。

《续高僧·智颉传》"卒于天台山大石像前，春秋六十有七，即开皇十七年十一月二十二日"。

注释：

① 智者大师禅院：天台山真觉讲寺智者大师禅院。智者大师法名智颉（538—597），是南朝陈、隋时代的高僧，是佛教天台宗开山祖师。俗姓陈字德安。《金陵梵刹志·卷四·智者禅师传略》："师讳智颉，字德安，颖川人……端坐如定，而卒于天台山大石像前。"
② 百八重：形容极高。清·方文《牛首杂咏·上牛首不果今亡矣葬舍身崖》诗："散步出门外，云梯百八重。"
③ 万松如海：松林极茂。清·苏廷魁《度岭作》诗："丞相祠前望乡处，万松如海卷苍涛。"
④ 蟠龙：亦作"盘龙"。曲折盘绕的龙，形容松树枝干虬屈。明·王在晋《游吴兴错龙盘殿》诗："灵文驼白马，玉柱走盘龙。"
⑤ 何人得似：金·元好问《临江仙·与钦叔饮二首》其一："人生茅屋三间。何人得似谢东山。"
⑥ 遗蜕：遗弃形骸，仙逝。明·汤显祖《〈刘大司成文集〉序》："上追洪厓骖鸾之迹，下睨仙严遗蜕之处。"
⑦ 层城：指高山之巅。宋·文同《盘云坞》诗："几曲上层城，盘盘次文石。"
⑧ 缥缈峰：此处并非指太湖缥缈峰，是泛指云雾缥缈的山上极高处。

浅解：

饶公游览天台山智者大师禅院，作诗描摹周遭景色并抒发人生感慨。前两句描绘山高入云、松林如海的壮观景象，饶公健笔，气势磅礴。后一联是饶公的智慧思考，智者大师为传佛法奋力一生，最终于天台山顶坐化。这是常人难及的大智慧，故饶公尊称大师为"我的老师"，表达其对智者大师的真诚尊重、敬仰之情。饶公既能体会到智者大师之智，也表明其本人学养深厚，智慧过人，达到与智者大师心意相通的高境。

简译：直上天台百八十层，万松如海盘曲似龙。谁如我师一般聪慧？云雾缥缈之巅仙去。

访唐梁肃撰智者大师修禅道场碑①，碑在天台山华顶峰绝顶塔院，以道远不克②至怅赋③

补阙④完碑⑤出草莱⑥，巍然⑦一石压天台。
几时⑧华顶⑨重攀陟⑩，为吊⑪遗踪认劫灰⑫。

唐右补阙梁肃是碑，建于元和间，台州刺史徐放书。文载《唐文粹》卷六十一，及《全唐文》卷五百二十。东友神田喜一郎先生著《梁肃年谱》云："此碑年代不明，姑列于建中二年，以碑中有自大师没一百八十余载上推。"又谓"全唐文作一百九十"，"九"字误，按碑立于元和间，则不当从《文粹》作八十，他时能获拓本。再订正之。

注释：

① 智者大师修禅道场碑：智者大师修禅道场碑铭，现存天台山华顶智者塔院，碑文二十四行，记智者大师事迹及传授世次极详。碑额题字："修禅道场碑铭。"碑文前题字："台州隋故智者大师修禅道场碑铭并序。右补阙翰林学士梁肃撰，朝散大夫台州刺史上柱国高平徐放书。"碑文可参见《唐文粹》卷六十一，《全唐文》卷五百二十。
② 克：能够。《汉书·武帝纪第六》："战战兢兢，惧不克任。"
③ 怅赋：以惆怅的情绪作诗。清·熊文举《题李五弦司马陈姬遗像》诗其二："不信广平心似铁，为伊惆怅赋梅花。"
④ 补阙：指唐代右补阙梁肃，为碑文撰者，见注①。
⑤ 完碑：碑文完整、完好的石碑。清·倪涛《六艺之一录·卷九十七·王安礼题名》："今世流传摹拓本无此，不为完碑。"
⑥ 草莱：草芥，杂草，也指荒芜之地。宋·洪适《斗日红》诗："不藉西风力，孤根委草莱。"
⑦ 巍然：形容山石、建筑高大雄伟。北魏·郦道元《水经注·河水四》："关之直北，隔河有层阜，巍然独秀，孤峙河阳。"
⑧ 几时：指将来的某时。南北朝·鲍照《游思赋》："此日中其几时，彼月满而将蚀。"

⑨华顶：天台山主峰。唐·灵彻《天台山华顶峰》诗："天台众峰外，华顶当其空。有时半不见，崔巍在云中。"

⑩攀陟：攀登。明·刘基《游云门记》："虽有层峦复冈，而无梯磴攀陟之劳。"

⑪吊：慰问，凭吊，祭奠。《墨子·号令第七十》："必身行死伤者家，以吊哀之，身见死事之后。"

⑫遗踪认劫灰：佛家认为天地间有"大三灾"，其一大火灾称为"劫火"，劫火的余灰称为"劫灰"，此指智者大师当时的战乱时代和颠沛经历。本句化自元·鲜于枢《水龙吟·拱北楼呈汉臣学士郁氏读书画题跋记》词："回眄呀然双壁，问遗踪劫灰如扫。"

浅解：

智者大师作为一代高僧，身历战乱，为传佛法历尽艰辛，唐代梁肃为之立碑，表彰其人格与功勋。此碑在天台山华顶峰，饶公来此因路远未能前往瞻仰，心中遗憾，乃作此诗。本诗前两句描写石碑巍峨壮观，象征智者大师的高尚人格和奋斗精神，暗含饶公对高僧的敬仰、追思之意。后两句写自己此次未登山顶，今后定要来此凭吊高僧，追随其"遗踪"，回顾其所历"劫灰"，传达出一种严肃的历史思考和沧桑感。虽短短四句，饶公以"史诗"精神作成此诗。

简译： 梁肃石碑屹立草中，雄伟巨石压于天台。何时重来攀到华顶，凭吊遗踪追忆劫灰。

临海道中，怀故法国戴密微①教授用大谢庐陵王墓下②韵

  戴教授治谢康乐诗，译述至富。年七十余时，尝申请赴华，作上虞、永嘉之游而不果，终生引为憾事。君殁已近十年。余顷自杭州来雁荡，所经多是谢诗山水之乡，感君此事，用志腹痛之戚。

    傍午③发天台，密林遍十方④。
    日昃⑤过临海⑥，冻雨⑦洒重冈⑧。
    眷言⑨怀安道⑩，悲悁⑪热中肠⑫。
    峨峨⑬天姥岑⑭，修竹晚生凉。
    平生耽⑮谢诗，池草⑯讽⑰不忘。
    南山往北山⑱，引领冀远行。
    思从七里滩⑲，遵海⑳挹遗芳㉑。
    赍志㉒终莫遂，抚卷㉓徒增伤。
    人事有代谢㉔，时义㉕每相妨㉖。
    德音㉗去已遥，日就且月将㉘。
    我来斤竹涧㉙，念子恸无常。
    缅邈㉚江海辽，崎岖征尘扬。
    虞渊凄寒冰㉛，感旧不成章㉜。

  大谢有《登临海峤初发疆中》诗。李善注引谢氏《游名山志》"桂林顶远则嵊尖疆中"。余车往天台，必经嵊县。大谢有《从斤竹涧越岭溪行》诗，斤竹涧旧传在北雁荡灵岩下。

注释：

①戴密微（Paul Demiéville，1894—1979），法兰西学院院士，法国著名汉学家。戴密微一生学术研究领域广泛，在佛教、道教、敦煌学、语言学、中国古典文学等方面都有杰出成就。在中国古代诗歌研究方面卓有建树，

大力推动法国学界的中国文学研究发展。

②大谢庐陵王墓下："大谢"指南朝宋诗人谢灵运。饶公此诗用其诗《庐陵王墓下作》韵。

③傍午：临近正午之时。宋·晁补之《安陶舟中》诗："依依润柳侵晨雨，细细吹花傍午风。"

④十方：佛教名词，指上天、下地、东、西南、北、庄门、死位、过去、未来。

⑤日昃：太阳西斜。晋·葛洪《抱朴子·外篇·诘鲍》："王者临深履尾，不足喻危，假寐待旦，日昃旰食，将何为惧祸及也？"

⑥临海：位于浙江省沿海中部的城市，山水秀丽，历史悠久。

⑦冻雨：暴雨。《楚辞·九歌·大司命》："令飘风兮先驱，使冻雨兮洒尘。"王逸注："暴雨为冻雨。"

⑧重冈：重叠的山冈。宋·梅尧臣《送阎中孚郎中知磁州》诗："重冈古猎场，惊兔离衰草。"

⑨睠言：回顾的样子，亦写作"睠言"。《诗经·小雅·大东》："睠言顾之，潸焉出涕。"

⑩安道：戴逵，字安道，东晋著名文人，博学多才，一生不仕，隐居会稽剡县（今浙江嵊州）。

⑪悲悒：悲伤忧郁。南朝宋·鲍照《拟行路难》诗之十："为此令人多悲悒，君当纵意自熙怡。"

⑫热中肠：激动的内心。唐·杜甫《赠卫八处士》诗："访旧半为鬼，惊呼热中肠。"

⑬峨峨：山高大陡峭的样子。《楚辞·招魂》："增冰峨峨，飞雪千里些。"

⑭天姥岑："岑"即山。《说文解字》："岑，山小而高也。"天姥山位于浙江省新昌县境内，南朝宋·谢灵运《登临海峤初发疆中作，与从弟惠连可见羊何，共和之》诗："暝投剡中宿，明登天姥岑。"

⑮耽：沉溺，迷恋。《诗经·卫风·氓》："于嗟女兮，无与士耽。"

⑯池草：指谢灵运《登池上楼》诗中名句"池塘生春草，园柳变鸣禽"，此处代指谢灵运诗之佳句。

⑰讽：背书，讽诵。《汉书·艺文志》："凡三百五篇，遭秦而全者，以其讽诵，不独在竹帛故也。"

⑱南山往北山：谢灵运有《于南山往北山经湖中瞻眺》诗"朝旦发阳崖，景落憩阴峰"。"阳崖"指南山，即今浙江嵊州市东之嵊山；"阴峰"指北山，

亦名院山。

⑲七里滩：位于浙江富春山，传说为严子陵垂钓处。苏轼有词《行香子·过七里滩》。

⑳遵海：沿着海岸。《孟子·梁惠王下》："吾欲观于转附朝儛，遵海而南，放于琅琊。"

㉑挹遗芳："挹"本意为把液体取出来，引申为观览景色；"遗芳"指遗留下的美景、美妙历史、前人美名佳事等。晋·孙嗣《晋右将军王羲之上巳日会兰亭曲水》诗："谁云真风绝，千载挹遗芳。"

㉒赍志：怀抱志愿。唐·黄滔《祭崔补阙文》："赍志殁地，其痛何如？"

㉓抚卷：抚摸书卷。晋·陶渊明《感士不遇赋·序》："抚卷踌躇，遂感而赋之。"

㉔人事有代谢：唐·孟浩然《与诸子登岘山》诗："人事有代谢，往来成古今。"

㉕时义：时代的意义、观点。南朝梁·萧统《文选序》："文之时义，远矣哉。"

㉖相妨：相互妨碍、抵触。汉·董仲舒《春秋繁露·竹林》："《春秋》之道，固有常有变。变用于变，常用于常，各止其科，非相妨也。"

㉗德音：美善的言论，好的名声。《诗经·邶风·谷风》："德音莫违，及尔同死。"

㉘日就且月将："日就月将"指每天都接近一点，日积月累，不断精进。《诗经·周颂·敬之》："日就月将，学有缉熙于光明。"

㉙斤竹涧：饶公自注："大谢有《从斤竹涧越岭溪行》诗，斤竹涧旧传在北雁荡灵岩下。"

㉚缅邈：指山川遥远。晋·陶渊明《闲情赋》："顾襟袖以缅邈。愿在木而为桐。"

㉛虞渊凄寒冰：亦称"隅谷"，传说中太阳落下的地方。魏晋·向秀《思旧赋》："余逝将西迈，经其旧庐，于时日薄虞渊，寒冰凄然。"

㉜不成章："章"此处指文章、诗篇。《古诗十九首·迢迢牵牛星》："终日不成章，泣涕零如雨。"

浅解：

法国汉学家戴密微教授是饶公老友，戴教授曾经想去江南游览，但未能如愿便去世了，他对于谢灵运诗歌很有研究。如今饶公来到雁荡山一带，从谢灵运在此地所赋诗歌忆及已经故去十年的老友，此诗既记录自己的游踪兼怀老友。诗中描述戴教授平生对于谢灵运诗歌的痴迷研究，也记述他曾想来江南旅行的愿望，流露出饶公对友人的无限思念之情。全诗凝聚着悲哀郁结的气氛，真挚动人，催人泪下。结句"感旧不成章"，连诗篇都写不成，表达饶公的入骨悲伤。

简译：近午出发往天台山，茂密树丛遍布四方。太阳西斜临海行过，暴雨洒落层叠山冈。回忆起当年的戴公，悲伤抑郁萌生心肠。高耸巍峨天姥之山，竹林晚风暗生凉意。戴公平生喜爱谢诗，诗中佳句讽咏不忘。经由南山前往北山，引领游人期待远行。思绪从七里滩而起，沿着海岸追思遗芳。夙愿终未能够实现，抚摸书卷只增感伤。人间之事总是变迁，常与现世观点相抵。先人美德已经远去，日日努力追思前德。我如今来到斤竹涧，想起您就悲痛失态。江海如此遥远辽阔，旅途崎岖尘土飞扬。太阳落山天寒如冰，怀念旧事诗篇难成。

黄　岩①

手破②黄柑③嚼逾甘④，居然乡味⑤有同谙⑥。
凄迷野色⑦堤头柳⑧，扶梦⑨和烟下浙南⑩。

注释：

① 黄岩：浙江台州黄岩区，盛产蜜橘，被称为"中国蜜橘之乡"。
② 手破：用手掰开、破开。宋·周邦彦《少年游》词："并刀如水，吴盐胜雪，纤手破新橙。"
③ 黄柑：柑橘的一种，在我国至少有一千七百年历史。宋·苏轼《峻灵王庙碑》"石峰之侧多荔支、黄柑，得就食"。
④ 嚼逾甘：味道极美，超过一般甘甜。明·沈守正《赠柴云倩》诗其三："连舟复连骑，似蔗嚼逾甘。"
⑤ 乡味：家乡食物的味道。唐·白居易《和微之春日投简阳明洞天五十韵》诗："乡味珍彭越，时鲜贵鹧鸪。"
⑥ 同谙：如……一样熟悉。清·汪远孙《梅雨即事·焙药》诗："清娱方卧疾，此味妙同谙。"
⑦ 凄迷野色：凄清迷离的山野景色，意境近孙嵩诗。宋·孙嵩《春日武康游望过孟东野故居》诗："天末凄迷浮野色，柳边骀荡受春华。"
⑧ 堤头柳：河边柳树。清·魏元枢《舟中口号》诗："堤头柳色临风笑，道是无端冒险行。"
⑨ 扶梦：深处幽境，如在梦中。元·徐秋云《美人图》诗："玉佩鸣珰照素秋，绿云扶梦下璃楼。"
⑩ 和烟下浙南：早春三月万物复苏，大地烟气蒸腾，故言"和烟"。全句化自唐·李白《黄鹤楼送孟浩然之广陵》诗"烟花三月下扬州"。

浅解：

　　黄岩是浙江蜜橘之乡，饶公品尝甜美柑橘，竟发觉与家乡口味相似，透露出惊喜，并表达对家乡的深情与思念。后两句描写凄迷妩媚的江南春色。李太白有诗"烟花三月下扬州"，描摹江南春日烟雾蒸腾的朦胧之美；而饶公言"扶梦和烟下浙南",在继承太白"烟花江南"诗境的基础上,"扶梦"二字更使浙南春景增添一种梦幻之感。

简译:黄柑入口美味鲜甜,居然如同家乡之味。凄迷夜色堤上柳树,伴着烟梦前往浙南。

虎 头 山

海畔奇山似虎头①，是谁手擘②镇高丘③。
江山无处不争美④，闭置车中⑤且纵眸⑥。

注释：

①海畔奇山似虎头：化用唐·柳宗元《与浩初上人同看山寄京华亲故》诗"海畔尖山似剑芒"。
②手擘：大拇指，比喻杰出、特立。元·方回《题观妙轩》诗："手擘崔嵬栋此宫。"
③高丘：高峻的山。《楚辞·哀命》："哀高丘之赤岸兮，遂没身而不反。"
④江山无处不争美：句法近似唐·韩翃《寒食》诗："春城无处不飞花。"
⑤闭置车中：身处车中封闭环境。清·朱颖《江楼醉吟》诗："闭置车中三十载，江天今日豁双眸。"
⑥纵眸：放眼远望。宋·朱淑真《月台》诗："纵眸愈觉心宽大，碧落无垠绕地圆。"

浅解：

　　本诗是饶公途经虎头山所作，描绘虎头山壮景。开篇一句"海畔奇山似虎头"，为全诗奠定雄壮阔大的艺术基调。第二句向天发问，是哪一位大力天神开辟了虎头山？这种如屈原"天问"似的奇丽想象将第一句的壮阔推而广之，使读者获得更为震撼的诗歌体验。后两句饶公描述自己坐在车中眺望风景的心情，表达自己对祖国山河、自然美景的热爱，表现出他对生活之美的留心体会，饶公作为诗人的细腻情致于此展露无遗。

　　简译：海边奇山形如虎头，是谁用手辟出高山。江山美景竞相展现，闭坐车中放眼远眺。

雁荡①即事

真宰②偏留此奥区③,移形④咫尺⑤即成图。
急皴淡墨⑥难传妙,鬼脸乱云⑦总不如。

注释:

①雁荡:雁荡山,位于温州、台州一带,分北雁荡山与南雁荡山。宋·陈与义《雨中宿灵峰寺》诗:"雁荡山中逢晚雨,灵峰寺里借绳床。"
②真宰:宇宙万物的主宰。《庄子·齐物论》:"若有真宰而特不得其朕。"
③奥区:曲折幽深之地。唐·杜甫《桥陵诗三十韵因呈县内诸官》诗:"永与奥区固,川原纷眇冥。"
④移形:移动位置。[清]爱新觉罗·宝廷《广化寺山坡静室题壁》诗:"以此悟文心,移形厌陈迹。"
⑤咫尺:周代八寸为咫,十寸为尺,形容距离极近。唐·杜甫《渼陂行》诗"咫尺但愁雷雨至"。
⑥急皴淡墨:国画笔法。"皴"指涂出物体纹理或阴阳,一般用笔急峻;"淡墨"是用浅淡的墨色渲染。
⑦鬼脸乱云:即"鬼脸皴"、"乱云皴",都是中国山水画的笔法技艺。"鬼脸皴"适宜表现溶蚀性岩石的地貌特征,复杂多变,凹凸崎岖;"乱云皴"是用含蓄的圆笔中锋,以湿笔皴出山石轮廓,凹处以片状或卷曲之笔密皴,中侧锋并用,适宜表现雄奇险峻的山峰。此处"鬼脸乱云"指代用此画法所描绘的那种险峻雄奇的地貌。

浅解:

"即事"是诗歌创作的一种状态,即有感而发。饶公游览雁荡山,随意为诗,未经雕琢自有风趣。本诗描写雁荡山势:上天创造这陡峭险峻的地方,每走一步就换别样风景,宛如"图画";后两联更是用国画画法来描摹山势,这是诗画相融的妙处,以景入画,以画入诗,气脉贯通,使诗歌更显气韵。

简译:真宰留下幽深之地,移动咫尺即成新景。急皴淡墨难以传神,鬼脸乱云也难刻画。

    娲皇炼得①态何奇，虎视龙飞各合宜②。
    雾里诸峰③皆湿笔④，画家从此悟华滋⑤。

注释：

①娲皇炼得：女娲炼石补天典故。宋·汪兼山《黄山遇雨》诗"谁能炼得娲皇石"。
②合宜：合适，恰当。全句句法近苏轼《饮湖上初晴后雨》诗其二"淡妆浓抹总相宜"一句。
③诸峰：各个山峰。唐·杜甫《望岳》诗其三："诸峰罗立如儿孙。"
④湿笔：国画用笔，笔头水分较多，与"干笔"相对。
⑤华滋：枝叶、文章、画面丰美润泽。《古诗十九首·庭中有奇树》："庭中有奇树，绿叶发华滋。"

浅解：

  本诗描写奇石，寻常诗人描写山石往往极尽辞藻形容石之姿态如何奇特，而饶公却言"娲皇炼得"，此后唯"虎视龙飞"四字，不再多着笔墨。"娲皇炼得"使山石陡然增添了神话意味和历史厚重感，山石作为自然景观而获得人文色彩，则其姿态之美妙不言自明，读者可从中想象到。后两句为诗画结合写法，由云雾山峰自然联想到绘画中的"湿笔"，不仅美景展露其中，更悟得绘画之理，真可谓"诗中有画，画中有诗"。

  简译：女娲炼石何等奇特，虎视龙飞各合其宜。雾中山峰湿笔画出，画家由此领悟画境。

双 珠 谷①

绝壁天留巨壑瀁②,从来③积健始为雄④。
悬空千丈明珠滴⑤,上代⑥何人此豢龙⑦。

注释:

① 双珠谷:雁荡山一景。山谷中有白珠泉和隐珠瀑,水花散落如珍珠,以此得名。
② 巨壑瀁:水流汇入巨大的沟壑。南朝宋·鲍照《日落望江赠荀丞》诗:"乱流瀁大壑,长雾匝高林。"南北朝·谢灵运《于南山往北山经湖中瞻眺》诗:"俯视乔木杪,仰聆大壑瀁。"
③ 从来:从古以来。晋·陶潜《咏贫士七首》诗其四:"从来将千载,未复见斯俦。"
④ 积健始为雄:点滴积累才能获得深厚学养。唐·司空图《二十四诗品·雄浑》:"大用外腓,真体内充。反虚入浑,积健为雄。"
⑤ 悬空千丈明珠滴:泉水散落如珍珠。北宋·王安石《观瀑》诗:"拔地万里青嶂立,悬空千丈素流分。"
⑥ 上代:指夏商周及以前的时代,泛指很久之前。晋·陆云《答兄平原》诗:"伊我世族,太极降精。昔在上代,轩虞笃生。"
⑦ 豢龙:养龙;龙能吐出明珠,承接上句。晋·王嘉《拾遗记·炎帝神农》:"以降露成池,蓄龙为圃。及乎夏代,世载绵绝,时有豢龙之官。"

浅解:

双珠谷有白珠泉和隐珠瀑,古人将其比作两颗珍珠。饶公至此,言此为天造奇观,且从双珠泉雄浑喷涌之景悟出"积健为雄"之理。此诗充满"理趣",比单纯描景意蕴更深。古代传说中,龙颌下有珠,曾有下海探取龙珠的传说,饶公见到双珠泉即联想到:是否远古有人在此养龙而留下龙珠呢?于是作出"何人此豢龙"一句,想象雄奇,使作为自然景观的双珠谷更增人文趣味和历史厚重感;且"龙"与"积健为雄"相合,全诗形成雄健一体的风格，可谓点睛之笔。

简译：绝壁天留巨流沟壑，点滴积累成就雄健。千丈高空明珠散落，远古时谁在此养龙。

半月天峭壁

石罅斜窥半月天①,悬泉②终日但潺然。
谷音③谁解无哀乐④,且听仙禽⑤奏管弦⑥。

注释:

①石罅斜窥半月天:见《浙江通志·山川四·湖州府》引《名胜志》,"半月泉,在县东北三里石壁山下。晋咸和间梵僧名昙者,过其地,指山石曰:'是中有泉。'乃卓菴其处。凿石罅,如半月,果得泉,清凉甘美,名曰'灵泉',后名半月泉。"
②悬泉:山壁上流出的泉水,瀑布。唐·张九龄《入庐山仰望瀑布水》诗:"绝顶有悬泉,喧喧出烟杪。"宋·梅尧臣《题寄绛守园池》诗:"悬泉泻窦昼未停,飞玉贮蓝光入屏。"
③谷音:山谷中发于自然万物的声响。宋·董嗣杲《冷翠谷看瀑二首》诗其二:"清啸谷音答,闲眠松荫便。"
④无哀乐:三国魏·嵇康作《声无哀乐论》,认为声音本身并无情感,悲哀或快乐的情绪都产生自听者内心。
⑤仙禽:山中有灵气的鸟兽。唐·皮日休《夏首病愈,因招鲁望》诗:"贫养仙禽能个瘦,病关芳草就中肥。"
⑥奏管弦:演奏音乐,喻指鸟兽鸣叫声。

浅解:

晋朝僧人曾来到山壁之前,说"这里有泉水",于是人们将山壁凿出半月形缺口,果然发现清泉,这是"半月泉"的美丽传说。本诗是饶公游览半月泉所作,开篇即很好地延展了这个传说,让半月泉出现在一个天中有半月的夜晚,于是半月泉映对"半月天",更加独特而唯美。后两句描写在静谧环境中,倾听山水鸟兽的声音的自然旨趣。中国文化讲求"天人合一",谛听自然是人和自然的心灵沟通,这一点在饶公诗境中得以极好展现。

简译:石缝斜对半月天空,悬泉整日潺潺流淌。谁解谷音并无哀乐,姑且听听鸟兽啼鸣。

小 龙 湫①

欲洗人间万斛愁②,振衣③漱石④小龙湫。
峻流⑤不为岩阿⑥曲,犹挟风雷⑦占上游。

注释:

①小龙湫:又名"小瀑布",雁荡山灵岩寺右侧后面的隐龙嶂底是灵岩的主要观景之一。
②人间万斛愁:"斛"是古代容量单位,一斛为十斗,后改为五斗,"万斛"形容极多。明·刘基《喜雨寄夏允中五绝》诗其三:"多情一夜千山雨,消尽人间万斛愁。"清·李佐贤《游趵突泉》诗:"描成海上三山影,洗尽人间万斛愁。"
③振衣:抖去衣服上的尘土。《史记·屈原贾生列传第二十四》:"新沐者必弹冠,新浴者必振衣"。晋·左思《咏史八首》诗其五:"振衣千仞岗,濯足万里流。"
④漱石:代指隐居。南朝宋·刘义庆《世说新语·排调》:"孙子荆年少时,欲隐。语王武子'当枕石漱流',误曰'漱石枕流'。王曰:'流可枕,石可漱乎?'孙曰:'所以枕流,欲洗其耳;所以漱石,欲砺其齿。'"南宋·陆游《杂感》:"晨烹山蔬美,午漱石泉洁。"
⑤峻流:湍急的水流。唐·秦韬玉《仙掌》诗:"已擘峻流穿太岳,长扶王气拥强秦。"
⑥岩阿:山石曲折之处。汉·王粲《七哀诗》:"山岗有余映,岩阿增重阴。"
⑦挟风雷:携带着威猛的力量和气势。宋·陆游《风雨》诗:"重云韫日月,大雨挟风雷。"

浅解:

小龙湫为雁荡名景,上有飞流瀑布,下有深潭碧水,既优美静谧又气势非凡。饶公深为小龙湫之幽静与雄壮打动,故于诗中也表达出与之相应的两种情趣。山景之清幽引发饶公归隐出世的心念,欲洗去愁绪,"振衣漱石"。而飞流直下的雄壮又激起饶公内心蓬勃的力量,故第三句笔锋一转,写出一种"天行健,君子以自强不息"的激健气势,表达出不怕困难、奋勇向前的斗志。此诗妙处在于,一柔一刚,一归隐一奋进,一内敛一开阔,两种相异情感融入一诗,巧妙衔接,向读者展现其丰富诗人心境之同时,也表现出高妙的诗歌表达艺术。

简译:欲洗人间万斛愁绪,抖衣尘隐居小龙湫。急流不因岩石而曲,携带风雷占据上游。

观 音 阁

合掌双峰①一线天②,凿龛③全仗④祖师禅⑤。
飞甍⑥直上三千尺⑦,步履依稀⑧太古⑨前。

注释:

①合掌双峰:两座山峰距离很近,像两只手掌相合一样。
②一线天:我国名山中常见景观,两座山壁夹峙,缝隙中只可见一线蓝天,以此得名。宋·方岳《武夷棹歌又和晦翁原韵》诗其十:"笋舆更问星村路,去看溪南一线天。"
③凿龛:在石壁上凿出供奉神佛的小阁子。明·崔世召《游兜率洞》诗:"兜率人天境,崆峒斧凿龛。"
④仗:依靠,依仗。
⑤祖师禅:即南宗禅法,禅宗初祖菩提达摩传来,传至六祖惠能以下五家七宗。主张教外别传,不立文字,不依言语,见性成佛。
⑥飞甍:飞檐,两端翘起的屋脊。唐·王维《登楼歌》:"聊上君兮高楼,飞甍鳞次兮在下。"
⑦直上三千尺:句法近李白《望庐山瀑布》诗"飞流直下三千尺"。
⑧步履依稀:"依稀"意为隐约,仿佛。清·陈三立《初春过仓园啜茗初台赋示主人》诗:"岩峦层累含晴出,步履依稀入画同。"
⑨太古:远古,上古。唐·杜甫《杜鹃》诗:"鸿雁及羔羊,有礼太古前。"

浅解:

  饶公游览观音阁。观音阁是古时隐居山中的僧人在险峻的山壁上费尽千难万险凿成的,其中蕴含着僧人们传播佛法的决心和奋不顾身的精神,饶公对此种精神表示感佩与赞扬,故言"凿龛全仗祖师禅",此处"祖师禅"指僧人们弘扬佛法的信念和勇气。饶公来此,遥思当年之事,忽似穿越时空,步履回到远古;全诗营造出历史苍茫与时空穿梭的意境,将宇宙浩渺、时空永恒、人生渺小的意蕴传达给读者,言有尽而意无穷。

  简译:两峰如掌只露一线,佛龛全靠祖师禅法。飞檐翘起三千余尺,脚步如履远古之前。

龙西镇和锲翁

荡①上青鞋②踏紫泥③,随阳去雁④任东西⑤。
奇峰处处如刀剪,割出春云与嶂⑥齐。

注释:

①荡:浅水湖,水荡。
②青鞋:草鞋。唐·杜甫《发刘郎浦》诗:"白头厌伴渔人宿,黄帽青鞋归去来。"
③紫泥:紫砂矿土,多见于江浙一带。唐·杜甫《奉赠太常张卿垍二十韵》诗:"通籍逾青琐,亨衢照紫泥。"
④随阳去雁:大雁随着太阳偏南或偏北而迁徙,故称大雁为"随阳雁";"去"指飞走。唐·杜甫《同诸公登慈恩寺塔》诗:"君看随阳雁,各有稻粱谋。"
⑤任东西:随意去往何处,不受约束,"任西东"意同唐·元稹《决绝词三首》其一:"那能朝开暮飞去,一任东西南北吹。"
⑥嶂:高而险峻,形状如屏障的山。唐·白居易《山枇杷花二首》其一:"万重青嶂蜀门口"。

浅解:

  饶公与锲翁同到龙西镇,见到如画风景,锲翁有诗,饶公相和,故成此篇。水塘边青泥柔软,大雁东西飞翔,山峰高耸入云,种种景色都被饶公写入诗中。此诗最妙处在于"奇峰处处如刀剪,割出春云与嶂齐"两句,山峰高耸,云朵环绕周遭,这样一幅诗中常见景色一至饶公笔下却有一种独特写法,将山峰比作剪刀,插入云中将云朵割断,从而形成与山平齐之高度。诗境之细腻,笔法之高妙。

  简译:草鞋踩踏湖边紫泥,随阳去雁翔任飞东或西。奇峰处处仿如刀剪,剪得春云与山平齐。

攀登显胜门①绝顶

显胜峰头手自扪②,含羞瀑③上望中原。
平生壮观君知否④,(借观堂句)曾跻⑤雁山第一门。

注释:

①显胜门:在山景中,两崖对峙称为"门",雁荡山的"门"有十几处,显胜门是最为著名的一处,两崖高两百米,相距仅数米,十分壮观。
②手自扪:摸着胸口,表示被眼前壮观景象所震撼。清·释函可《怀旧有感八首》其六:"人去手自扪,一点光历历。"
③含羞瀑:雁荡山一景,从最高处流下,其间有三处转折,呈现三样姿态,曲折宛转,如人之害羞,不直接示人,故名"含羞瀑"。
④壮观君知否:此句取自王国维诗。王国维《咏史二十首》之十二:"千秋壮观君知否?黑海东头望大秦。"
⑤跻:攀登,上升。

浅解:

显胜门是雁荡山诸景中最为陡峭险峻的景观之一,两座山峰高数百米,相对数米,如两山浑天大门,极为壮观。饶公攀上显胜门、含羞瀑,扪胸远望,慷慨激昂,引发胸中豪气。诗歌第三句化用王国维先生诗句,并非只用其词,饶公胸中之学问、抱负直追前人,故化其词并化其神。"曾跻雁山第一门"表达其身处高峰,傲然天地之意,仿佛孔子"登东山而小鲁,登泰山而小天下",杜少陵"会当凌绝顶,一览众山小"之壮志豪情。

简译:显胜峰顶捂住胸口,含羞瀑上眺望中原。平生壮观您可知晓?曾攀雁荡山第一门。

和锲翁雁顶生朝①

最艰危②处且逍遥,觅句③丰干④兴自饶⑤。
济胜⑥随君忘远近⑦,万峰如蕊度花朝⑧。

注释:

①雁顶生朝:"生朝"意为生日。此处指雁荡山顶百花生日,即二月初二花朝节。
②艰危:艰难危急的情势,此处指艰险的地势。唐·杜甫《泊岳阳城下》诗:"留滞才难尽,艰危气益增。"唐·杜甫《咏怀二首》其一:"嗟余竟辗轲,将老逢艰危。"
③觅句:指诗人构思诗句。唐·杜甫《又示宗武》诗:"觅句新知律,摊书解满床。"
④丰干:唐代高僧,又作"封干",曾居天台山国清寺,今寺中壁上存其诗二首。事见《宋高僧传·卷十九·唐天台山封干师傅》。
⑤兴自饶:兴致高涨。清·方芳佩《山居》诗:"市远山深兴自饶,数椽聊得避尘嚣。"
⑥济胜:攀登胜境。宋·陈与义《游道林岳麓》诗:"济胜得短筇,未怕山行深。"
⑦忘远近:忘记行过的距离。宋·苏轼《东湖》诗:"轻棹极幽探。飘飘忘远近。"
⑧花朝:农历二月初二为民间传说的"百花生日"、"花神生日",这一天是花朝节。宋·陈允平《别何橘潭》诗:"临行莫惆怅,回日定花朝。"

浅解:

　　饶公与锲翁偕行江南,一路同赏好景,作诗相和。此日同至雁荡山顶,又逢二月初二百花生日,锲翁有诗,饶公作此诗相和。"艰危"之地而书"逍遥"之情,并且自比觅句丰干,可见饶公性情自由,放浪形骸,气度颇似古之诗人。"济胜随君忘远近"一句是与锲翁的诗中对话,两人共同览胜而忘记来路与时光,如同寻仙访道的古之隐者,读来别有生趣。末句"万峰如蕊"之比喻横空出世，叹为观止。饶公将群山都纳入花朝节之喜庆中来，使百花生日成为花草山峰，乃至饶公、锲翁的共同生日，在雁荡山顶，人与自然共同庆贺生辰，天地精神在饶公诗中得以融合汇通。

简译：艰险之地依旧逍遥，丰干作诗兴致高涨。随君同攀忘记远近，万峰如蕊共度花朝。

别 雁 荡 山

峨峨①雁荡峰,奇秀②信天剖③。
传闻阿罗汉④,伐木临巨薮⑤。
其下有双潭,龙湫⑥入户牖⑦。
贯休经行处,晏坐弹指久⑧。
周邠作山图,嗟叹出坡叟⑨。
顷者⑩历览来,温台落吾手⑪。
苍崖⑫何巉绝⑬,扪壁骏奔走。
俯视中折瀑⑭,如柳生在肘⑮。
远近诸奇观,一一略指觏⑯。
向来不解饮⑰,对山屡举酒。
作诗谢山灵⑱,友于⑲意良厚。
别去雨濛濛⑳,停车三回首。

晚唐僧贯休,为罗汉《诺讵罗赞》,有"雁荡经行云漠漠,龙湫晏坐雨濛濛"句。梅圣俞有《和孙侔雁荡》诗,东坡有《次韵周邠寄雁荡山图》七律,此皆谢军书所未载。

注释:

①峨峨:山高大陡峭的样子。《楚辞·招魂》:"增冰峨峨,飞雪千里些。"
②奇秀:风景奇特秀丽。唐·白居易《庐山草堂记》:"匡庐奇秀,甲天下山。"
③信天剖:宋·苏轼《吴子野将出家赠以扇山枕屏》诗:"峨峨扇中山,绝壁信天剖。"
④阿罗汉:也称"罗汉",指依照佛的教导修习从而脱离生死轮回达到涅槃的圣者;此指罗汉诺讵罗,传说为雁荡山开山祖。宋·沈括《梦溪笔谈》:"按西域书:'阿罗汉诺讵罗居震旦东南大海际雁荡山芙蓉峰龙湫。'"
⑤伐木临巨薮:"薮"指生长着很多草的湖泽。《汉书·武帝纪》:"麟凤在郊

薮，河洛出图书。"本句是说伐木人发现雁荡山之典。宋·沈括《梦溪笔谈》："温州雁荡山，天下奇秀，然自古图牒，未尝有言者。祥符中，因造玉清宫，伐木取材，方有人见之，此时尚未有名。"

⑥龙湫：上有悬瀑下有深潭的景观称为"龙湫"，雁荡山有著名的"大龙湫"和"小龙湫"。《隋书·礼仪志一》："鹿角生于杨树，龙湫出于荆谷。"

⑦户牖：门窗。《老子》："凿户牖以为室，当其无，有室之用。"

⑧贯休经行处，晏坐弹指久：诺讵罗曾在龙湫前晏坐，唐代僧人贯休经过此处时曾作诗记录此事，云"雁荡经行云漠漠，龙湫晏坐雨濛濛"，本句记述这一史事。宋·沈括《梦溪笔谈》："阿罗汉诺讵罗居震旦东南大海际雁荡山芙蓉峰龙湫。唐僧贯休为《诺讵罗赞》，有'雁荡经行云漠漠，龙湫宴坐雨濛濛'之句。""晏坐"意为闲坐，安坐。清·赵翼《渔塘即事》诗其五："茅斋小窗明，晏坐将读《易》。""弹指久"形容时间过得极快，仿佛只弹指一瞬间其实已经过去很久了。宋·苏轼《吴子野将出家赠以扇山枕屏》诗："千岩在掌握，用舍弹指久。"

⑨周邠作山图，嗟叹出坡叟：周邠是宋代画家和诗人，曾画成《雁荡山图》，苏东坡曾作诗《次韵周邠寄〈雁荡山图〉》二首以为回应，本句记述这一史事，饶公自注"东坡有《次韵周邠寄〈雁荡山图〉》七律"。"嗟叹"指吟咏作诗，"坡叟"是对苏东坡的敬称。

⑩顷者：往昔之事。《汉书·元帝纪》："顷者有司缘臣子之义，奏徙郡国民以奉园陵"。

⑪温台落吾手："温台"是温州、台州地区，雁荡山即处此地。本句化自宋·苏轼《次韵周邠寄雁荡山图》诗其一"此生的有寻山分，已觉温台落手中"。

⑫苍崖：唐·杜甫《北征》诗："猛虎立我前，苍崖吼时裂。"

⑬巉绝：山岩陡峭高险。唐·李白《江上望皖公山》诗："清宴皖公山，巉绝称人意。"

⑭中折瀑：雁荡山有"三折瀑"，瀑布垂下为三折"上折瀑、中折瀑、下折瀑"，其中"中折瀑"被称作"雁山第一胜景"。

⑮如柳生在肘：见《庄子·外篇·至乐》"俄而柳生其左肘，其意蹶蹶然恶之"。郭庆藩《庄子集释》引郭嵩焘曰："柳，瘤字，一声之转。"

⑯觏：遇见。《诗经·召南·草虫》："亦既觏止。"

⑰不解饮：不善饮酒。唐·李白《月下独酌》诗："月既不解饮，影徒随我身。"

⑱谢山灵："山灵"即山神。清·郑日奎《游钓台记》："少文之画，兴公之文，盍处一焉，以谢山灵？"
⑲友于：见《尚书·周书·君陈第二十三》："惟孝友于兄弟"。后根据用典，以"友于"代"兄弟"，亦指兄弟友爱。
⑳濛濛：细雨迷蒙的样子。明·王韦《阁试春阴诗》诗："苔花苍润上帘栊，濛濛经雨还未雨。"

浅解：

  饶公在雁荡山流连多日，饱览奇观，将要离去，乃作此诗。诗中既有对奇景的描绘，更蕴含深沉思考。开篇一句"峨峨雁荡峰"横空出世，好像雁荡山陡然落在读者眼前，简洁干脆而力道不凡，为全诗奠定豪放雄阔的基调。随后，饶公描写阿罗汉开辟雁荡山的传说，周邠作《雁荡山图》寄给东坡并得到东坡和诗的典故。这些历史传说使雁荡山在自然之美以外还饱含文化意味，这才是中国文人热爱山水的真正原因，文人们更看重此中凝结的人文意味。饶公的书写不仅是对历史的回顾，对前人的追思，更表明一种诗歌传承的精神。而后饶公对山举酒，感谢神灵。这是"天人合一"思想的体现，人与自然同等、一体，自然也有思想，人可以与之交流。结句"停车三回首"表达饶公对雁荡山的无比留恋，更衬托出此山难以言说的美妙。

  简译：巍峨陡峭雁荡山峦，奇秀似被天削而成。传说中有位阿罗汉，伐木临湖发现此山。山脚下有一对水潭，龙湫之景进入门窗。贯休经过所行之处，当时闲坐一瞬千年。周邠画成《雁荡山图》，东坡写下咏叹妙句。逝去之事一一回顾，此地温台落入我手。苍茫山崖何其险峻，骏马紧贴山壁奔跑。俯视中折瀑之景观，如同恶瘤生于肘上。远近各处奇异景观，一一略意指点观看。一直以来不善饮酒，频频对山举杯而饮。赋作诗歌感谢山神，兄弟情谊温良敦厚。离去之时烟雾蒙蒙，停车驻留一再回望。

高枧道中①

晨兴②言过杨梅关③,叠嶂连天④无雁还⑤。
百里梯田将绿绕⑥,一车看遍浙东山⑦。

注释:

①高枧道:范围大概在浙江台州市海游街道。
②晨兴:早起。晋·陶潜《归园田居》诗其三:"晨兴理荒秽,带月荷锄归。"
③杨梅关:浙东地区盛产杨梅,以此得名。
④叠嶂连天:屏障般的山峰重叠林立,高耸入云。宋·韩元吉《寄梁士衡》诗:"乱花洗雨红成阵,叠嶂连天翠作堆。"
⑤无雁还:大雁迟迟不还。明·李昱《清明有怀》诗:"登楼转觉添归思,欲寄尺书无雁还。"
⑥将绿绕:指水流环绕着田野。宋·王安石《书湖阴先生壁》诗:"一水护田将绿绕,两山排闼送青来。"
⑦看遍浙东山:化用民国·夏承焘《南歌子·严州道中》词:"两年看遍浙东山,每到西台一笑,又忘还。"

浅解:

  饶公在旅途中时刻不忘题诗,眼前之景皆可化成诗篇。饶公乘车经过杨梅关,山峰云天,梯田碧绿,打动诗情。诗中第二联皆为饶公化用前人妙句而成,意境从前人诗脱出却又别有风致,既得前代诗家神韵又不落俗套,自成一景,由此可见,饶公古典诗文功底之深及其感受生活之细腻入微。

  简译:早起听说过杨梅关,山峰重叠不见回雁。碧绿环绕百里梯田,行车看遍浙东群山。

登天一阁①

失喜②观书③到羽陵④，榜题⑤体势⑥尚龙腾⑦。
芸香⑧千仞⑨凤皇下，松径万方⑩宾客登。
山水有灵⑪开卷轴，云烟过眼⑫类风灯⑬。
剡藤⑭栗尾⑮敢题句，茧足⑯山中久服膺⑰。
（时自雁荡来鄞）

注释：

①天一阁：位于浙江宁波市区，是我国现存最早的私家藏书楼，也是亚洲现有最古老的图书馆和世界最早的三大家族图书馆之一。天一阁建于明朝中期，由当时退隐的兵部右侍郎范钦主持建造。2013年10月15日，饶宗颐受聘天一阁名誉馆长，对这一被誉为"天一阁之幸、宁波文化之喜"的大事，饶公除感谢之外，他极度谦虚地表示："对我这个渺小的人，这是莫大的荣幸。"

②失喜：欢喜至极不能自控。唐·杜甫《远游》诗："似闻胡骑走，失喜问京华。"

③观书：饶公此行至天一阁，见到难得一见的黄庭坚狂草《刘梦得竹枝词》卷和嘉兴吴孟晖所编《淮海长短句》，欢喜异常。"观书"即指此事。

④羽陵：贮藏古代秘籍之处，此代指天一阁。《穆天子传·卷五》："仲秋甲戌，天子东游，次于雀梁，蠹书于羽陵。"

⑤榜题：指匾额题字。《南齐书·礼志上》："至于朝堂榜题，本施至极，既追尊所不及，礼降于在三，晋之京兆，宋之东安，不列榜题。"

⑥体势：指书画笔法的形体结构、气势风格。清·恽敬《答伊扬州书》："所惠香山老人画，是其晚年之笔，意境超远，体势雄厚。"

⑦龙腾：指书法笔体洒脱，如龙之飞腾。清·倪涛《六艺之一录·历朝书谱三上·宋太宗行书蔡行敕》："觏兹书画，飞动若虎踞龙腾，风云庆会。"

⑧芸香：一种多年生具浓香的木质草本植物，花黄色，复叶具有苦味。南北朝·庾信《预麟趾殿校书和刘仪同》诗："芸香上延阁，碑石向鸿都。"

⑨千仞：古时八尺为仞，"千仞"形容山峰、楼阁等极高。《孙子·兵势第

五》："故善战人之势，如转圆石于千仞之山者，势也。"

⑩万方：四方，各地。唐·杜甫《登楼》诗："花近高楼伤客心，万方多难此登临。"

⑪山水有灵：见宋·王十朋《嘶水涧》诗"山水有灵人不识，老农常用卜阴晴"。

⑫云烟过眼：见宋·戴复古《同曾景建金陵登览》诗"兴废从谁问，云烟过眼空"。

⑬风灯：风中之灯，比喻瞬息变幻、变化无常。唐·吕岩《沁园春》词："人世风灯，草头珠露，我见伤心眼泪流。"

⑭剡藤：浙江传统名纸，古时以古藤制纸，故名"剡藤"，亦称"藤纸"。明·孙能传《剡溪漫笔小叙》："剡故嵊地，奉化与嵊接壤亦有剡溪，为余家上游。其地多古藤，土人取以作纸，所谓剡溪藤是也。"

⑮栗尾：毛笔名，以鼬鼠毛制成。宋·欧阳修《归田录·卷二》："蔡君谟既为余书《集古录目序》……余以鼠须栗尾笔、铜绿笔格、大小龙茶、惠山泉等物为润笔。"

⑯茧足：因走路过多而长了茧子的脚。唐·刘禹锡《袁州萍乡县杨岐山故广禅师碑》："谬谓余为习于文者，故茧足千里，以诚相攻。"

⑰服膺：铭记在心，衷心信服。《礼记·中庸》："得一善，则拳拳服膺而弗失之矣。"朱熹《四书集注》："服，犹着也；膺，胸也。奉持而着之心胸之间，言能守也。"

浅解：

饶公在山中遨游日久，饱览自然风光，又来到天一阁领略人文之趣，此次游玩可谓兼美。天一阁始建于明朝，是亚洲现存最古老的图书馆，其中珍藏着许多不传世的秘本书籍。其阁外的自然风光，龙腾题榜，芸香松径，山水云烟，煞是美丽；而天一阁内藏珍奇书籍之美妙更胜自然景观。故饶公持"剡藤栗尾"题写诗句，表达得观自然风光及旧籍珍本的欣喜之情。

简译：到天一阁欢喜观书，匾额文字笔势如龙。千仞芸香凤凰飞落，宾客纷踏松间小路。山水灵动如展画卷，过眼云烟如同风灯。剡藤栗尾题写诗句，茧足千里心已信服。

喜见山谷狂草竹枝①长卷真迹，叹观止矣

百行狂草化龙蛇②，淇艳湘累自一家③。
黄菊华颠犹气岸④，竹枝佳句是桃花⑤。

　　山谷跋刘梦得竹枝歌，推为元和间独步。其隽句有"山桃红花满上头""山上层层桃李花"等语。

注释：

① 山谷狂草竹枝："山谷"指宋代文学家黄庭坚（号山谷道人）。"狂草竹枝"此指黄庭坚的狂草《刘梦得竹枝词》卷。竹枝词原为古巴蜀民歌，到唐代被文人吸收成一种诗体，以吟咏风土、描摹人情为特点。以唐代刘禹锡《竹枝词》九首最为著名。
② 狂草化龙蛇：草书线条如龙蛇盘曲舞动一般。清·震钧《国朝书人辑略·卷三·陆骖》："尤工狂草，有龙蛇夭矫之势。"
③ 淇艳湘累自一家：典出刘禹锡《〈竹枝词〉序》："其卒章激讦如吴声，虽伦伫不可分，而含思宛转，有淇濮之艳。昔屈原居沅湘间，其民迎神、词多鄙陋，乃为作《九歌》，……故余亦作《竹枝词》九篇，俾善歌者扬之。""淇、濮"周代卫国的（今河南）淇水、濮水。"淇艳"代指情歌。"湘累"指屈原投水而死之事。全句意思是刘禹锡听到民间《竹枝词》婉转艳丽，便仿屈原作《九歌》的风格也作了九篇《竹枝词》。
④ 黄菊华颠犹气岸："华"是花白，"颠"是头顶，"黄菊华颠"是重阳节时把菊花插在白发上，比喻不服老；"气岸"意为气概、意气风发。全句化用北宋·黄庭坚《定风波·次高左藏使君韵》词："莫笑老翁犹气岸，君看，几人黄菊上华颠？"
⑤ 竹枝佳句是桃花：此句述黄庭坚对刘禹锡《竹枝词》之赞赏，"佳句是桃花"指刘禹锡"山桃红花满上头"（《竹枝词》九首其二），"山上层层桃李花"（《竹枝词九首其九》）。北宋·黄庭坚《跋刘梦得〈竹枝歌〉》："刘梦得《竹枝》九章，词意高妙，元和间诚可独步。道风俗而不俚，追古昔而不愧。"

浅解：

　　唐代刘禹锡吟成诗句，宋代黄庭坚写就狂草，当代饶公又作诗赞叹，三位诗人书家虽相隔千百年，却因这一首诗一幅字而紧紧相连：刘诗、黄字、饶诗三者古今应和，相得益彰，别有文化奇趣。饶公用"黄菊华发"之典，表达自己与黄庭坚一样，老骥伏枥，得意挥洒，传达出更深一层与古人之间的心意相通，文化传承与精神境界的共通。

　　简译：百行狂草化成龙蛇，艳丽哀婉自成一家。菊花插头意气风发，竹枝词最妙桃花句。

题嘉兴吴孟晖编《淮海长短句》

东行万里有情风①，天与娉婷②似梦中③。
芳草危亭多少恨④，嘉兴一帙⑤意何穷⑥。

阁藏此书，向所未闻。曩著《词籍考》未能著录，其前有茅承德正德辛巳序。故记之。

注释：

①万里有情风：见宋·苏轼《八声甘州·寄参寥子》词"有情风、万里卷潮来，无情送潮归"。
②天与娉婷："娉婷"是美好、娇美之意。宋·秦观《八六子》词："无端天与娉婷。夜月一帘幽梦，春风十里柔情。"
③似梦中：见五代·李中《酒醒》诗："杯盘狼藉人何处，聚散空惊似梦中。"
④芳草危亭多少恨："危亭"是高耸的亭台。本句化自宋·秦观《八六子》词："倚危亭，恨如芳草，萋萋刬尽还生。"
⑤帙：用于书籍的量词，装在一个函套中的一套线装书，称为"一帙"。《隋书·列传第二十三》："《宗室王侯列传》一帙十卷。"
⑥意何穷：意蕴、意义无穷。唐·释皎然《豁云》诗："舒卷意何穷，萦流复带空。"

浅解：

饶公学术研究领域极广，所著《词籍考》细致考订若干古代词学书籍，功在学林。然吴孟晖所编《淮海长短句》秘藏天一阁已久，世人不见，以饶公学问之丰尚未曾有缘得见，故一见惊喜异常。"一帙意何穷"，不仅肯定了此书的学术价值，饱含得见秘本的欢喜之情，更表现出饶公作为一位博古通今之大学者对于书籍、学问的至诚热爱与执着追求。

简译：东行万里伴有情风，天赐美好如在梦中。芳草高亭多少惆怅，嘉兴一册其意无穷。

天童寺① 次东坡道场山②韵

松风稷稷③满山麓④，天遣金童开灵谷。
我行方从雁荡回，十方云水⑤看不足。
山中雾海何漫漫⑥，刹川因山⑦自屈盘⑧。
到此心欲空潭影⑨，清磬⑩松风落急湍⑪。
山翁⑫在山偶一出，心知王气⑬接宸席⑭。
万里归来重结茅⑮，布水台⑯前多手植⑰。
我今奔走历云鬟⑱，扣门参拜万松间。
山深寺古不可测，入山何故随出山。
山间气候变昏旦⑲，饱尝山蔬酣饮半，
我心无住⑳闻晨钟㉑，如听朱弦音三叹㉒。

注释：

①天童寺：位于宁波市东太白山麓，始建于西晋永康元年，禅宗五大名刹之一，号称"东南佛国"。
②东坡道场山：用宋·苏轼《游道场山何山》诗韵。
③稷稷：形容繁多，茂盛。《素问·宝命全形论》："见其乌乌，见其稷稷，从见其飞，不知其谁。"张景岳注："稷稷，言气盛如稷之繁也。"清·邢昉《太白山人》诗："松风稷稷苍崖里。"
④山麓：山坡和周围平地相接之处。北魏·郦道元《水经注》卷二十五："台之西南山麓上，即其冢也。"
⑤云水："云水"一般指僧人云游及其所见景观。唐·杜甫《题郑十八著作虔故居》诗："台州地阔海冥冥，云水长和岛屿青。"
⑥漫漫：遍布，蔓延的样子。唐·李白《南奔书怀》诗："遥夜何漫漫，空歌白石烂。"
⑦因山：依着山势，就着山势。《旧唐书·卷七十二·虞世南列传》："既因山势，虽不起坟，自然高显。"
⑧屈盘：曲折盘绕。晋·左思《吴都赋》："洪桃屈盘，丹桂灌丛。"

⑨心欲空潭影：意境化自唐·常建《题破山寺后禅院》诗"山光悦鸟性，潭影空人心"。

⑩磬：古代一种打击乐器，佛寺中较常见。唐·常建《题破山寺后禅院》诗："万籁此俱寂，但余钟磬音。"唐·姚合《过钦上人院》诗："修篁半庭影，清磬几僧邻。"

⑪急湍：湍急的流水。唐·杜甫《小寒食舟中作》诗："娟娟戏蝶过闲幔，片片轻鸥下急湍。"

⑫山翁：释道忞，字木陈，号山翁，俗姓林，潮州大埔人，明末清初著名僧人。先出家庐山开先寺，不久为父母所迫还俗娶妻，生一子。后又出家四明山，后嗣法天童寺密云圆悟禅师。晚年入宫为顺治帝说法，赐号"弘觉"。

⑬心知王气："王气"代指帝王，"心知王气"指与帝王相交，指顺治帝请山翁讲经之事。

⑭接宸席："接席"意为座席相接，表示关系亲近。三国·魏·曹丕《与吴质书》："行则连舆，止则接席"。"宸"是帝王居所，代指帝王，故"接宸席"指亲近帝王，指顺治帝请山翁讲经之事。

⑮结茅：盖茅草房。南朝宋·鲍照《观圃人艺植》诗："抱锸垅上餐，结茅野中宿。"

⑯布水台：指庐山布水台，山翁曾在庐山开先寺出家，有《布水台集》传世。《五灯会元·卷第二》："师既回，遂独往庐山布水台。"

⑰手植：亲手种植的树木。唐·刘禹锡《伤桃源薛道士》诗："手植红桃千树发，满山无主任春风。"

⑱云鬟：本意为古时女子发髻的样式，此处指形似发髻的山峰。唐·李白《久别离》诗："至此肠断彼心绝，云鬟绿鬓罢梳结。"

⑲气候变昏旦：见南朝宋·谢灵运《石壁精舍还湖中作》诗："昏旦变气候，山水含清晖。"

⑳心无住：指内心澄明无杂念。《金刚波若波罗密经》："应无所住而生其心。"唐·韩翃《题僧房》诗："身在心无住，他方到几回。"

㉑晨钟：寺庙清晨敲钟报时。唐·杜甫《游龙门奉先寺》："欲觉闻晨钟，令人发深省。"

㉒朱弦音三叹："朱弦"即丝弦，琴弦；"朱弦三叹"指音乐美妙，《礼记·乐记》："《清庙》之瑟，朱弦而疏越，一倡而三叹，有遗音者矣。"本句化自宋·楼钥《送郑楚客司法之岳阳》诗："见君诗编笔虽敏，三叹未见

朱弦音。"

浅解：

饶公和苏诗，追思前贤之情怀。诗中描写天童寺周边景致，松风稷稷，十方云水，雾海弥漫，山路曲折，雅致幽静，饶公"心欲空潭影"，为环境所感染，心灵澄澈，萌发归隐之思绪。由此想到古代名僧山翁大师在此传法之事，于是"奔走云鬓"，想要拜访山中高僧。可物是人非，古人已去，人生何其有限。全诗以"朱弦音三叹"结尾，如一曲琴乐，虽然终了但余音绕梁不绝，使得诗歌的意境无限延展、悠长。

简译：风过密松声满山麓，天遣金童开辟山谷。我才从雁荡山来此，周边景色观览不尽。山中云雾弥漫如海，剡川依山曲折流淌。到此心灵明如潭水，清磬松风飞落急流。山中老翁偶然出现，接近帝王倾心相交。万里归还再建茅屋，布水台前种下树木。如今我在山中奔走，想于松林叩拜山翁。山林寺庙深不可测，进山为何随意出山？山中气候早晚变异，饱尝野菜畅饮半醉，我心明净聆听晨钟，一响三叹余音不绝。

望四明山①

日月星辰②众洞通，人间何处觅③韩终④。
行藏⑤岂为莼鲈脍⑥，回首剡溪⑦一梦中⑧。
（道家谓：其洞可通日月星辰。谓之四明）

注释：

①四明山：位于浙江东部，景色优美，有"中国第二庐山"之称。南宋·高似孙《剡录·山水志》："四明山境四周围八百余里……东为惊浪之山，西拒奔牛之垒，南则驱羊之势，北起走蛇之峭。"
②日月星辰：日：太阳；月：月亮；星：星星；辰：水星。
③人间何处觅：人间何处寻觅。宋·程公许《和司令洪文咏梅花两绝句》其一："人间何处觅琼华，元住青池阿母家。"
④韩终：秦始皇时方士。《史记·秦始皇本纪》："因使韩终、侯公、石生求仙人不死之药。"
⑤行藏：指出仕和退隐，典出论语。《论语·述而》："子谓颜渊曰：'用之则行，舍之则藏，惟我与尔有是夫！'"
⑥莼鲈脍：莼菜羹、鲈鱼肉，代指家乡美味。《世说新语·识鉴》："（西晋张翰官洛阳）见秋风起，因思吴中莼菜羹、鲈鱼脍，曰：'人生贵得适意尔，何能羁宦数千里以要名爵？'遂命驾便归。"
⑦剡溪：位于浙江嵊州市，曹娥江上游。唐·李白《梦游天姥吟留别》诗："湖月照我影，送我至剡溪。"
⑧一梦中：见北宋·苏轼《送杜介归扬州》诗"当年帷幄几人在，回首觚棱一梦中"。南宋·陆游《渔歌子·灯下读玄真子渔歌，因怀山阴故隐追拟》词其一："苹叶绿，蓼花红。回首功名一梦中。"

浅解：

　　四明山贯通日月星辰之光，象征光明智慧，历来与道家文化、隐士文化相关。古代诗人常入山寻仙访道，留下许多诗篇。施肩吾《同诸隐者夜登四明山》诗云："半夜寻幽上四明，手攀松桂触云行。相呼已到无人境，何处玉箫吹一声",正表达如此情致。饶公行至四明山,继承前代诗歌传统与文化传统,诗中连用韩终、张翰之典,表达出此身愿归隐山林,一心治学,不近红尘俗务的清高品性,愿在"剡溪梦中"过神仙生活。

简译:日月星辰各洞连通,人间何处寻觅韩终。出仕隐居岂为莼鲈,回望剡溪身在梦中。

超山①有唐宋梅各一株

超山青眼逾天台②,的皪寒花③待客来④。
词笔春风⑤谁及我⑥,一旬看遍宋唐梅。

注释:

①超山:位于杭州东北方,是我国著名赏梅区。我国有五株古梅树,其中两株在超山,即"唐梅"、"宋梅"。清·郭崑焘《至嘉善访眉生,先之以诗,叠前韵》诗:"屈指超山梅信早,春光应不负闲身。"
②青眼逾天台:青眼,看重。逾,超过。天台山只有一株隋梅,所以超山超过天台山。
③的皪寒花:"的皪"是光亮、鲜明的样子。汉·司马相如《上林赋》:"明月珠子,的皪江靡。""寒花"是寒冷时节开的花,此指梅花。宋·项世安《次韵叶教授小院室中瓶梅二首》诗其一:"半瓿冰水一簪梅,的皪寒花数点开。"
④待客来:见宋·李新《送程公明》诗其五"一鞭野色身何处,芸阁清风待客来"。
⑤词笔春风:以诗文描摹春景。宋·姜夔《暗香》词:"何逊而今渐老,都忘却、春风词笔。"
⑥谁及我:见清·毕沅《嘉峪关》诗"壮游谁及我,伴月碛中眠"。

浅解:

我国境内共有五株古老梅树,天台山有一株隋梅,而超山有唐、宋两株梅树。饶公将两山之梅相比,言"青眼逾天台"。梅花的自然绽放,古梅所凝聚的历史沧桑感,着实令饶公赞赏,并以"词笔春风谁及我"的诗家自信表达出"一旬看遍宋唐梅"的得意畅快之情。

简译:超山梅花更胜天台山,明丽的梅花等待客人到来。描摹春景的词句谁能超过我?十天看遍唐宋古梅。

白 堤① 夜 步

休向湖边问结庐②,平林③烟水④共模糊⑤。
漫⑥从花港观鱼⑦处,戏写夜山入梦图⑧。
(高房山有《夜山图》)

注释:

① 白堤:横亘西湖上,分西湖为"里湖"、"外湖"。"白堤"在唐代名白沙堤,后人为纪念曾在此处作刺史的白居易,改名"白堤"。唐·白居易《钱塘湖春行》诗:"最爱湖东行不足,绿杨阴里白沙堤。"
② 结庐:建造房屋。晋·陶潜《饮酒》诗其五:"结庐在人境,而无车马喧。"
③ 平林:见《诗·小雅·车辖》:"依彼平林,有集维鷮。"毛传:"平林,林木之在平地者也。"
④ 烟水:雾霭迷蒙的水面。唐·孟浩然《送袁十岭南寻弟》诗:"苍梧白云远,烟水洞庭深。"
⑤ 模糊:不清楚,不分明。宋·苏轼《凤翔八观·石鼓》诗:"模糊半已似瘢胝,诘曲犹能辨跟肘。"
⑥ 漫:没有约束,随意。明·胡应麟《奉寄左司马汪公四首》其三:"漫从九折夸回驭,屈指蒲轮日下传。"
⑦ 花港观鱼:西湖十景之一,位于苏堤南段西侧,全园分红鱼池、牡丹园、花港、大草坪、密林五个景区。
⑧ 夜山入梦图:元代画家高克恭(号房山)有名作《夜山图》。

浅解:

西湖不仅景色优美,而且郁结着历史上无数文人的生命情趣,饱含文化情味。唐代大诗人白居易在杭州为官时"最爱湖东行不足",故后人称此处为"白堤","白堤"二字带有动人的诗化意蕴。千年之后,饶公漫步白堤,所赏不唯夜景,更与前代诗人之精神相通相应,故为诗相和。由美景入诗,并由诗入画(《夜山图》),景、诗、画以及饶公的感情完美融合,体现出夜下白堤带给人的美、静。

简译：莫在湖边建屋居住，平林烟水隐约模糊。漫步于花港观鱼处，画出夜山入梦图卷。

波光寒色①此何辰②，弦月无端③却避人。
天遣寻诗三两辈④，白堤占尽一湖春⑤。

注释：

①波光寒色："寒色"是使人感到寒冷的颜色，此指水波泛着蓝光。元·曹伯启《咏雁》诗："寒色波光秋影涵，数行天字到江南。"

②何辰：什么时候。明·刘荣嗣《一壑园除夕》诗其二："叹息书生真误国，再交天地复何辰。"

③无端：无缘无故。宋·贺铸《踏莎行》词："当年不肯嫁春风，无端却被西风误。"

④三两辈：两三个人。清·刘嗣绾《留别花西寓圃并示琴南》诗其一："寥落晨星三两辈，不胜惆怅过中年。"

⑤占尽一湖春：西湖春景之最美处。清·黄宗羲《赠诸九徵》诗其二："小堂占尽一湖春，咫尺村烟接市尘。"

浅解：

波光寒冷，缺月避人，身在此夜，饶公不知"今夕何夕"，恍然漂浮仙境，浮想联翩。饶公及友人面对美景，搜诗觅句，此中情致唯诗人自知自赏，"上天派遣我们到人间美景处寻觅诗意"，如此自况本就带有诗意的孤高与对诗歌的痴痴执着。古之诗人，为得一句好诗往往"上穷碧落下黄泉"，"连过江山八百里，为寻一句切心诗"，当"二句三年得"之时不禁"一吟双泪流"。"天遣寻诗"正传达出此种与古人相通的诗人情性与诗歌精神。

简译：清寒波光如今何时，弯月无故躲避游人。天遣我辈寻诗觅句，白堤占尽满湖春色。

附：新诗一首

安哥窟①哀歌

一只喝醉的船
正朝向着帝门岛驶去，
那里据说是巴比伦洪水时代
沉沦不去所剩下来的陆地。
好像蜻蜓围聚于舢板上，
流浪者在偷生的罅隙里
找到瞬息的恬静。
带着苦笑地各个人拿起筷子
去度量他们刚尝过的辛酸。
他们喘息才定。
面对着苍白的旻天，
不敢向司罗盘的舵手
叩问他未来不可思议的命运。
月影沉没在昏瞶无明的大海，
乌云吹来片片黑暗，
在做他"尚寐无吪"的噩梦。
周遭像差点把人煮熟了的蒸笼，
拖着一条渺无际涯的如火长流，
一躺下便入睡了。

在无限与有限之间，
在羯磨与达摩之间，
在呼吁与缄默之间，

注释：

①即吴哥窟。

在骚动与宁静之间，
在颂赞与诅咒之间，
生命只是一团
焚烧而无止境的焦炭，
躯体只是一袭
破旧有待于抛弃的烂衣。
拖着辫子的藤蔓代表神像
托着不计年月的胡子。
正拥抱古庙的门扉死缠不放。

为无情的岁月
注射了一点"历史心灵"的慰藉，
门外的翁仲残骸在树荫下
尚镂刻着古代战争的恐怖，
挂在荆棘上未干的露珠，
谁人能够证明，
它是前朝宫女的泪痕。

离枯旱愈近的灌溉愈难，
对争斗愈强的尘劫愈甚；
去现代愈接近的，
其摧毁愈易，
执权柄愈坚牢的，
其崩溃愈快。
天已被割裂而织成
九宫格式的网罗，
心已不能更吐出
"干粪橛"式的话句。
湿婆的监视下无法阻止
鬌壁上细菌的蔓延。
可怜的朝圣者，

捧着理想的骷髅，
　　活像被牵着鼻子的骆驼，
　　他们以亿兆人的血肉，
　　换得一句阿门（amen），
　　一堆泥土。

平生不写新诗，行箧只有这一首。林真曾为录出刊布。兹附于卷末，聊备一格云。